AF398167

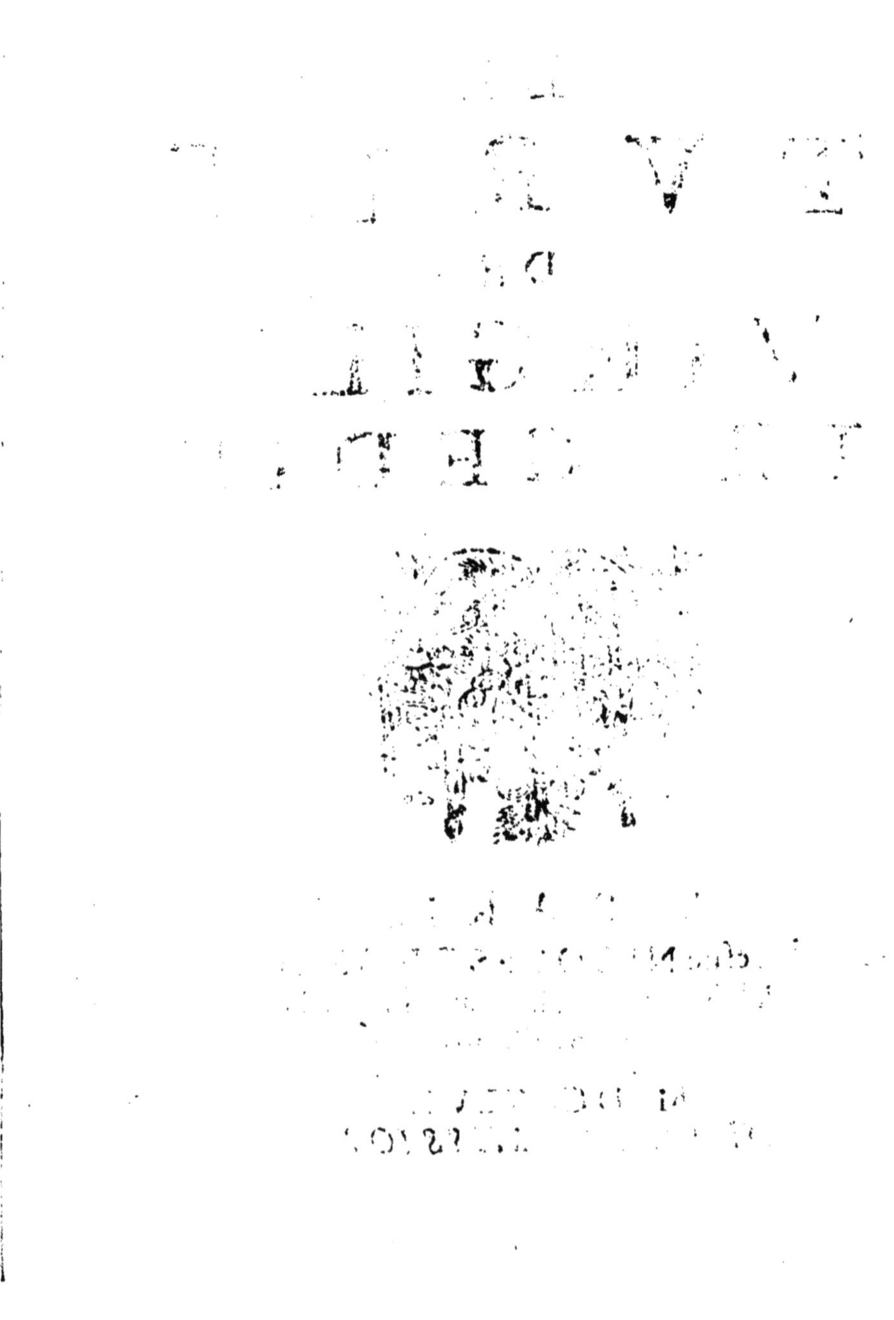

LE TVRNE

DE

VIRGILE

TRAGEDIE.

A PARIS,

Chez la vefue NICOLAS DE SERCY, au
Palais, en la Sale Dauphine, à la
bonne Foy Couronnée.

M. DC. XLVII.

AVEC PERMISSION.

A
TRES·HAVT
ET
TRES-PVISSANT
SEIGNEVR,

MESSIRE FRANÇOIS DE Rochefort Marquis de la Boulais, Baron de Chaſtillon, Chailly, Auſſé, Chitry, Corbellin, S. More, Gouuerneur des villes d'Aualon, Vezelay, &c.

ONSEIGNEVR;

le fais auiourd'huy de la fable ancienne vne verité moderne; il eſt croyable que Prométhée fùt amoureux du feu celeſte, & que la crainte d'en

eſtre brûlé ne l'empeſcha pas de le rauir. Puis qu'au
hazard d'eſtre esblouy & meſme aueuglé de l'E-
clat de voſtre condition ; ie n'ay pû négliger dans
la paſſion que i'auois d'eſtre connu de vous, vn
moyen qui m'a ſemblé vtile pour m'en appro-
cher. Virgile ayant eſté autrefois bien veu d'Au-
guſte, ie me ſuis perſuadé qu'eſtant tel en toutes
vos actions, vous ne dedaigneriez pas de me re-
garder, ſi pour me preſenter à vous, ie marchois
ſur les pas de ce grand Genie. Ie ne vante point le
merite du Heros dont le nom ſert de titre à mon
Poëme, pour recommander aprés, ceux de voſtre
race, en les comparant à luy. Cette façon de loüer
eſt trop raualée, & bien qu'elle ſoit auiourd'huy
des plus ordinaires, ie penſe auoir raiſon de la mé-
priſer, ayant à parler d'vne maiſon dont les auantages ne le furent iamais. Quand Turne auroit eſté
cent fois plus genereux, ie ferois beaucoup pour
ſa gloire ſi ie le comparois aux Heros de voſtre illuſtre famille, & non pas eux à luy. Et quand
Ænée auroit eſté infiniment plus Religieux, ce ſe-
roit ſans luy faire tort, que ie maintiendrois qu'il
l'auroit touſiours eſté infiniment moins que vous.
I en ay trop dit, en ayant trop à dire ; vn mauuais
nageur s'auançe touſiours trop en Mer pour peu
qu il s'eſloigne du riuage. I'adiouſte que l'Echo

qui ne refpond pas à la voix du Tonnerre, m'apprend que ie ne puis parler affez fobrement de ce qui eft inconçeuablement au deffus de moy. Ie m'impofe donc filence, & contraignant en cette occafion ma langue & ma plume; ie ne permets au plus à l'vne, que de vous fupplier de m'auouër dans l'offre que ie vous faits d'vn de mes trauaux: Et à l'autre, de-figner aprés cét aueu, que ie fuis.

MONSEIGNEVR.

Voftre tres-humble, & tres-
obeïffant feruiteur.
LA BROSSE.

AV LECTEVR.

Remarque s'il te plaift qu'au poinct que les Latins excitez par la harangue de Iuturne, chargent les Troyens ; on doit abaiffer vne toile, derriere laquelle ils fe battent auec quelque bruit d'armes. Cette obferuation deuoit eftre mife en marge, fur la fin du troifiefme Acte ; mais l'Imprimeur l'ayant obmife, i'ay bien voulu la placer icy, afin de preuenir ta cenfure qui m'auroit pû reprendre d'enfanglanter la Scéne, & d'imiter hors de temps les rudes fpectacles des Colleges. Ie n'ay plus rien à te faire remarquer, fi ce n'eft quelques fautes furuenuës à l'impreffion, dont voicy les plus importantes.

PERMISION.

IL est permis à la vefue Nicolas de Sercy, d'imprimer ou faire imprimer, la Tragedie, *Intitulée le Turne, de Virgile*, par le Sieur de la Brosse, fait ce II. Aoust. 1646.

Fautes suruenuës à l'impreßion.

Act. 2. Sc. 1. vers 14. belles, lisez nobles. Sc. 2. vers 1. belle, lisez bonne. Vers. 21. en, lisez est. Sc. 3. vers 36. sa. lisez la. Sc. 4. vers 44. son sang, lisez le Ciel. Acte 3 Sc. 2. vers 43. respects lisez motifs Sc. 3. vers. 30. mon lisez le. Sc. 4 vers 33. ardeur lisez abord. Acte IV. Sc. 1. ce lisez le.

LES ACTEVRS.

LATINVS,	Roy des Latins.
AMATA,	femme de Latinus.
LAVINIE,	fille de Latinus.
TVRNE,	fils du Roy Daunus, Amant de Lauinie.
IVTVRNE,	sœur de Turne.
SIDON, TYRENE,	Gentils hommes Latins.
ÆNEE,	Prince Troyen.
ACATE,	amy d'Ænée.
TROVPE	des Latins.
TROVPE	des Troyens.

La Scene est à Lauinium, ville du Latium, contrée d'Italie, maintenant appellée le territoire de Rome, ou campagna di Roma.

LE TVRNE

TRAGEDIE.

ACTE I.
SCENE PREMIERE.

LATINVS. TVRNE.

LATINVS.

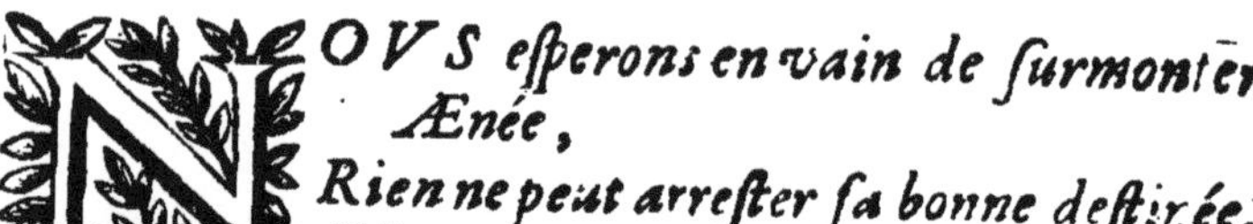

OVS esperons en vain de surmonter
Ænée,
Rien ne peut arrester sa bonne destirée;
Elle est comme un torrent dont seule-
ment le bruit
Esbranfle tout, abat, traisne, emporte, & destruit;
Nous en fismes l'essay lors que la Renommée

A

Nous apprit qu'il venoit auecque son armee,
Cette nouuelle émût nos plus forts Citoyens,
Et nous en vismes choir à l'abord des Troyens.
Peu sceurent soutenir, ces premieres alarmes,
Vous fallites vous-mesms à tôber sous leurs armes,
Et bien que rarement vous cediez aux combats,
Vous laschâtes le pied, & doublates le pas ;
Ce fut lors qu'enflamé de coiere & de hayne,
Vous fondites sur eux dans la forest prochaine
Pour vous vanger du Cerf que ces chasseurs adraits
Auoient teint de son sang & percé de leurs traits.

TVRNE.

H ane me faites point vn traittement si rude,
Que pouuoit la valeur contre la multitude ?

LATINVS.

Reüßites vous mieux, lors qu'armé de flambeaux,
Vous osates porter le feu dans leurs vaisseaux ?
Ces hommes aguerris montrerent que les flames
N'auoient rien de contraire à leurs vaillantes ames,
Et cent de nos soldats tant blessez que deffaits,
Sceurent que la vertu, ne les quittoit iamais,
Vostre retraitte alors fut encor vn peu prompte,
Et le feu des vaisseaux leur fit voir vostre honte.

TVRNE.

Tous ceux qui me suiuoient imitans ma valeur
Dans cette occasion signalerent la leur,
Leurs grands cœurs enflamez du desir de la gloire
Chercherent au combat la mort ou la victoire,
Nous fimes des efforts qu'on ne peut comparer,
Et qu'il faut auoir veus pour se les figurer:
Mais de nos Ennemis les Dieux prenans la cause,
Firent en leur faueur vne metamorfoze,
Sur le point que le feu deuoroit leurs vaisseaux,
On les vit se changer en des Nymphes des Eaux ;
Ce prodige sema la peur parmy les nostres,
Redonna l'esperance & le courage aux autres,
Qui voyans que lé Ciel prenoit leurs interests,
Repousserent la mort qui les suiuoit de pres.

LATINVS.

Ainsi quelque fureur qui vous porte à combattre,
Si le Ciel les soutient, rien ne les peut abattre,
En vain tous les mortels vous presteroient secours,
Vos genereux desseins auorteroient tousiours.
Leur constance heroïque a vaincu la fortune,
Elle se lasse en fin de leur estre importune.
Et comme les succez nous l'apprennent assez,
Ils viennent triompher de leurs trauaux passez,

Ouy vaincus & vainqueurs, ils viennent auec ioye
Establir en ces lieux vne nouuelle Troye.

TVRNE.

Quoy ce peuple exilé, quoy ces hommes errans
De fugitifs qui sont, deuiendroient Conquerans,
Quoy ces tisons restez, du bucher de leur ville
Auroient dans l'Italie vn salutaire Asile,
Ces esclaues des Grecs nous donneroient des loix?
Ha que Turne plustost perisse mille fois.

LATINVS.

Mais ie suis las de voir de mortelles tempestes,
Balancer tous les iours la foudre sur nos testes:
Mais ie suis las de voir flotter par nos discors
Dans des fleuues de sang des montagnes de cors.

TVRNE.

Et bien pour terminer cette guerre mortelle,
Souffrez que mon bras seul deffende ma querelle,
Et que le prompt effet d'vn duel glorieux
Punisse mon riual, ou me ferme les yeux.

LATINVS.

O resolution, qui tesmoigne vn courage,
Hardy dans le danger, & ferme dans l'orage,

O propos dont l'effet couronneroit vos vœux,
Si les plus resolus estoient les plus heureux.
„ Mais quoy, Mars & le sort trahissent l'esperance
„ Qu'vn homme valeureux conçoit de sa vaillance,
„ Souuent les plus adroits meurent en combattant,
„ Et toute leur vertu les quitte en vn instant.
Ha Turne croyez-moy, surmontez cette enuie
De hazarder vos biens, vostre honneur, vostre vie,
Aymez-vous mieux vous-mesme & preferez vos
    iours,
Et le repos public au soing de vos amours.
Tant de riches partis, tant de nobles familles
Aspirent au bon-heur de vous donner leurs filles,
Oubliez Lauinie, & parmy tant d'objects,
A qui l'illustre sang a donné des sujects,
Faites choix du plus beau, destinez luy vostre ame,
Et les premiers deuoirs d'vne nouuelle flame.

Sunt
aliæ nu‑
ptæ la‑
tio, &
Laurē‑
tibus
agris,
nec ge‑
nus in‑
deco‑
res, &c.
Virg.

TVRNE.

Que Turne ait de l'amour pour vne autre beauté!
O propos outrageux, & plein de cruauté,
Ha ne m'obligez point à cette faute extreme,
I'oubliray Lauinie en m'oubliant moy-mesme,
Mais tant que ie pourray me souuenir de moy
I'auray memoire d'elle, & luy tiendray ma foy:
Ne vous figurez pas que i'ayme tant la vie,

A iij

I'affronteray la mort pour gagner Lauinie,
Mon Riual est trop vain, d'aspirer à son rang,
Auant qu'auoir esteint mes feux dedans mon sang.

LATINVS.

Puisque ie voy vostre ame à ce point obstinée,
Ie l'abandonne au cours de vostre destinée;
Turne tenez-vous prest, ie consens que le sort
Finisse nos debats par vne seule mort,
Quelque soit le vainqueur, sa martiale adresse
Se verra couronner des mains de la Princesse,
Adieu, demeurez seul, & priez les Destins
De prendre auecques vous, le party des Latins,
Ie m'en vay cependant publier la nouuelle
Du glorieux danger où l'amour vous appelle.

SCENE II.

TVRNE.

HEroiques transports, genereux mouuemens,
Qu'vn amour legitime inspire aux vrais
Amans,
Apprenez aux Latins, à la honte d'Ænee

Quel est vostre pouuoir dans vne ame bien née.
Et toy noble instrument de mes illustres faits,
Ne sois pas dans mes mains vn inutile faix,
Parois-y dans l'éclat que tu dois y paroistre,
Teint & tout chaud du sang du Riual de tõ maistre,
Arrache de son front le mirthe & le laurier.
Enfin fay voir sa mort écritte en ton âcier.

    Et vous puissans attraits des yeux de Lauinie,
Dont mon ame ressent l'aymable tyrannie,
Supplice de mon cœur que ie trouue si doux,
Inspirez moy des feux qui soient dignes de vous,
Vn Riual insolent par vn orgueil extreme
Ose porter les yeux à vostre diadesme,
Il ose s'opposer au cours de mes plaisirs,
Et chocquer mes souhaits auecques ses desirs.
Mais ie l'en veux punir ou perir par ses armes,
Vn trespas glorieux n'a pour moy que des charmes,
La mort ne me sçauroit imprimer de terreur,
I'en regarde la gloire & n'en vay point l'horreur,
Cette espee & ce bras, l'amour & mon courage
Me mettront dans le port au plus fort de l'orage,
Et sans estre assisté que de moy seulement,
On me verra combattre & vaincre noblement ;
Ouy Latins, vous verrez ma vertu fortunee
Enseuelir vos maux dans la tombe d'Ænee,
Mettez les armes bas, ie combattray pour vous,

Et le combat finy, nous triompherons tous,
Vos applaudissemens me payeront de ma peine?
Mais i'apperçoy ma sœur qui vient auec la Reine,
Leurs visages ternis, & leurs yeux esplorez
Sont de leurs déplaisirs les tesmoins assurez.

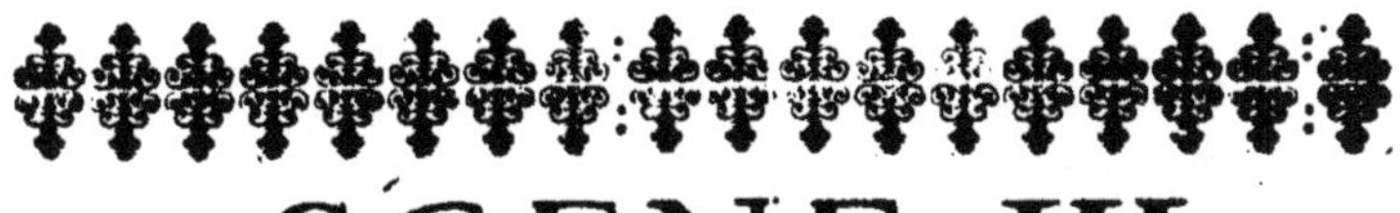

SCENE · III.

AMATA, IVTVRNE, TVRNE.

AMATA.

Saisie esgalement de crainte & de colere
Turne ie viens blasmer vostre vertu seuere,
Et loing de vous flatter d'vn titre glorieux,
Ie viens vous appeller ingrat & furieux.
Apres ce que i'ay fait pour mettre vostre vie
Dans vn comble de biens plus haut que vostre enuie,
Apres auoir tousiours authorisé vos feux,
Apres auoir promis Lauinie à vos vœux,
Vous plaire à me plonger dedans l'inquietude,
N'est-ce pas vous noircir de trop d'ingratitude,
N'est-ce pas m'outrager, & reconnoistre mal
Vn bien fait sans exemple, vn amour sans égal;
Mais n'est-ce pas encor vn excez de furie,

D'embrasser

TRAGEDIE.

D'embraſſer l'intereſt d'vne ingrate patrie,
Qui peut & ne veut pas, faire vn dernier effort
Pour vaincre ou pour mourir par vne belle mort,
Que le peuple Latin prenne pour ſoy les armes,
Qu'il verſe au lieu de pleurs du ſang dans ces alar-
    mes,
Qu'il deffende ſa vie, & qu'il n'eſpere pas
Qu'vn combat ſingulier finiſſe cent combats,
Que Turne ſoit tenu de montrer ſon courage,
En s'engageant tout ſeul dans vn mortel orage,
„ C'eſt crime de ſouffrir qu'vn homme de ſon rang
„ Perde pour des ſujets vne goutte de ſang.

TVRNE.

Tout ce diſcours n'eſt rien qu'vne ſubtile adreſſe
Pour connoiſtre à quel point ie chery la Princeſſe,
Vous voulez eſprouuer ma reſolution,
Pour iuger de l'excez de mon affection.
Mais toutes vos raiſons ny tout voſtre artifice
Ne ſçauroient m'empeſcher d'entrer dedans la lice,
Et de faire paraiſtre en brauant les hazars,
Qu'amour dans vn grand cœur eſt aſſiſté de Mars.

AMATA.

Prince ſi la raiſon eſt ſi mal eſcoutée,
Qu'au moins celle des pleurs ne ſoit pas reiettée,

Nous vous en coniurons par l'Auguste douceur
Du sacré nom de Reine, & de celuy de sœur.

IVTVRNE.

Oüy si quelque respect & quelque amour vous reste,
Estouffez vn dessein qui vous seroient funeste,
Gardez vous de tenter le hazard d'vn düel,
Soyez moins courageux, ou soyez plus cruel,
Meslez auparauant que de prendre les armes,
Les ruisseaux de mon sang auec ceux de mes larmes,
Preuenez en cedant à mon iuste transport,
Le regret que i'aurois de voir mon frere mort.

TVRNE.

Que ce sexe est puissant, que sa foiblesse est forte,
Ie ne me vy iamais assailly de la sorte,
Iamais rien n'a si fort esbranslé ma vertu,
Et ie ne fus iamais si pres d'estre abatu.

AMATA.

Iuturne poursuiuez, le voila qui chancelle,
Redoublez vos soupirs, & pressez ce rebelle.

IVTVRNE.

Madame il est vaincu, le secours que voicy
Nous fera triompher de ce cœur endurcy.

TVRNE.

Dieux comment resister, contre tant d'auersaires,
Quels efforts, quels conseils me seront salutaires,
Ha Turne dans l'estat où ton malheur t'a mis,
Fuy sans deliberer deuant tes ennemis.

SCENE IV.

LAVINIE, TVRNE.
AMATA, IVTVRNE.
LAVINIE.

Arrestez.

TVRNE, bas.

Si i'arreste, il faut que ie me rende.
Poursuiuons.

LAVINIE.

Arrestez, c'est moy qui le commande.

TVRNE.

Ie demeure immobile à ce commandement,

Qu'vn homme a peu de force alors qu'il est Amant.

LAVINIE.

Escoutez moy parler.

TVRNE.

              Parlez, ie vous écoute,
Vostre bouche & vos yeux n'ont rien que ie redouté;
De quelque sentiment que ie sois combatu,
Vous pouuez vaincre Turne, & non pas sa vertu.

LAVINIE.

Inhumain contentez vostre cruelle enuie,
Sans me faire languir, arrachez moy la vie,
Preuenez en plongeant vostre espée en mon sein,
Vn effort que mon cœur obtiendra de ma main,
La crainte de tomber sous le pouuoir d'Ænée,
Par le dernier malheur de vostre destinee,
Me fera sur nos murs mourir auec éclat,
Auant que vous soyez dans le lieu du combat.

TVRNE.

Donc suiuant vos discours, mon Riual doit m'abat-
    tre,
Vous me iugez vaincu, puisque ie vay combatre,
Vous croyez que ie sois vn homme sans valeur,

Que le premier combat porte au dernier malheur :
Mais auoir ce penſer, c'eſt me faire vn outrage,
Mars rendra mon bon-heur eſgal à mon courage,
Et comme il prend plaiſir d'honorer les guerriers,
Il m'aydera luy-meſme à cueillir des lauriers.

AMATA.

Quoy Prince, ſa douleur n'aura rien qui vous touche,
Elle ne vaincra point voſtre vertu farouche,
Quoy vous ſerez rebelle aux loix de ſon amour
Iuſques à luy rauir le repos & le iour?

LAVINIE.

D'amour ie n'en ay plus, ie n'ay que de la hayne,
Puis qu'il eſt inhumain, ie veux eſtre inhumaine,
Quoy qu'il faſſe d'illuſtre en ce choc dangereux,
Ie ne le verray plus que d'vn œil rigoureux.

TVRNE.

Quoy vous me hayerez!

LAVINIE.

le feray pis encore,
Ie cederay mon cœur au Troyen qui m'adore.

TVRNE.

O trop ſanglant arreſt contre moy fulminé,

Coup d'autant plus mortel, qu'il est inopiné,
Vous aymerez vn homme à qui tout fait la guerre,
Que la mer irritee a vomy sur la terre,
Ha changez de discours.

LAVINIE.

        Vous changez de dessein.

TVRNE.

Mais le Roy veut qu'Ænée expire de ma main,
Il attend auiourd'huy cette preuue heroïque
Du zele qui m'engage à la cause publique,
I'ay promis cet effet de courage & d'amour,
Ie m'en dois acquitter, ou ne voir plus le iour,
La parole d'vn Prince est vne loy seuere,
Qu'il s'impose soy-mesme & qu'il faut qu'il reuere,
N'y satisfaire pas c'est attirer sur moy
Et le mépris du peuple, de la hayne du Roy.
Bien plus, c'est ruiner cette ardeur legitime
Dont nostre aspect diuin, me remplit & m'anime,
Ce penser entretient, ma resolution
Le refus du combat, detruit ma passion
Tesmoigner de la crainte, où peu de hardiesse
C'est trahir mon honneur, & perdre ma maistresse.

AMATA.

Que cette vaine peur, ne nous trauaille pas,
Vous pouuez sans danger, mettre les armes bas,
Le rang que vous tenez, fera taire l'Enuie,
Vn Prince est obligé de conseruer sa vie
Et sa gloire s'accroist, lors qu'il sçait éuiter
Vn mortel precipice où l'on le veut ietter :
Pour le regard du Roy, dont vous craignez la haine
S'il a le sceptre en main, songez que ie suis Reine,
Et quelqu'auersion, qu'il conçoiue pour vous
Croyez qu'au moins mes pleurs esteindront son cour-
    roux.
Qu'au reste il ne sçauroit vous rauir vôtre Amante
Que ie n'en sois d'accord, & qu'elle n'y consente
C'est absolu pouuoir que luy donne son rang
S'etend sur ses suiets, & non pas sur son sang.
En vain mille Riuaux, choqueroient vôtre flame
Pour prix de leur Amour, ils n'auroient que du blâme
I'en donne ma parolle, en presence des Dieux
Pourueu que vous fuyez vn combat ôdieux.

LAVINIE.

Sur le mesme suiet, ie dy la mesme chose,
Quelqu'illustre party que le Roy me propose
Mon cœur n'aura pour luy que d'extremes froideurs
Sy vous âlentissez, vos guerrieres ardeurs.

TVRNE.

Mais le Roy peut beaucoup, ce penser m'espouuante,

LAVINIE.

Il peut tout sur sa fille, & rien sur vôtre Amante.

TVRNE.

C'est assez, ie me rends, & pour vous tesmoigner
Que tout cede à l'Amour alors qu'il veut regner
Ie mets sans repliquer à vos pieds mon espée
Ie ne la veux plus voir, aux combats occupée
On peut estre vaillant, sans tenter les hasars
Amour à des guerriers, aussi bien comme Mars.

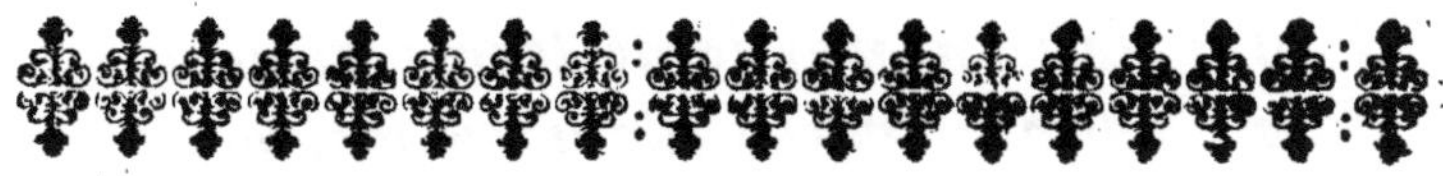

SCENE V.

LATINVS, TVRNE, AMATA.
LAVINIE,   IVTVRNE.

LATINVS.

TVRNE *que faites vous? quelle indigne foi-*
blesse
Vous fait icy commettre vn acte qui me blesse?

TVRNE

TVRNE bas,

Que ie suis interdit.

LATINVS.

Au point qu'on nous doit voir
Détruire d'vn riual, l'orgueil & le pouuoir,
Lors que pour reprimer son insolente enuie
Le temps presse de faire vn appel de sa vie,
Vn honteux repentir, d'vn glorieux dessein
Vous arrach' à mes yeux, les armes de la main.

TVRNE.

Ha! Sire dissipez, ce soupçon qui m'offence,
Iamais mes actions n'ont trahy ma naissance,
Faites, faites de moy de meilleurs iugemens,
Et me connoissez mieux, dans tous mes mouuemens,
Ie ne mets mon espee aux pieds de cette belle
Que pour paraitre Amant, en prenant congé d'elle
Son excellent merite, & sa rare beauté.
Veulent de mon amour cette ciuilité,
Maintenant ie suis quitte, & mon Amour n'aspire
Qu'à tenter le peril, où la gloire m'attire,
I'attens de ce combat, vn laurier immortel,
Et ie vay de ce pas, en dresser le Cartel.

LATINVS.

Songez bien.....

TVRNE.

> *Si ie doy perir dedans l'orage,*
> *Ie heurteray du moins, l'ecueil de mon naufrage.*

IVTVRNE.

O l'insensible frere,

LAVINIE.

> *O l'infidelle Amant,*

AMATA.

Ne l'abandonnons pas dans son aueuglement,
Suiuons le toutes trois, & combatons ensemble
Deux esprits differents, que la fureur assemble;
Faisons agir nos yeux, pour la derniere fois,
Et s'ils n'obtiennent rien, armons nous toutes trois.

ACTE II.

SCENE PREMIERE.
LAVINIE,   IVTVRNE.
LAVINIE.

EREGLEZ mouuemens , d'vn cœur
    qui defefpere,
Efpargnez mon Amant , & refpectez
    mon Pere,
La nature & l'Amour , abfolus comme
ils font
M'ordonner de fouffrir , les rigueurs qu'ils me font ,
Ma hayne ne fçauroit iuftement les pourfuiure
L'vn m'a mis dans le monde , & l'autre m'y fait vi-
ure.
Ie fuis prefque à tous deux tenuë également ,
Enfin l'vn eft mon Pere , & l'autre eft mon Amant ,

C ij

Ie les doy reuerer par deſſus toute choſe,
Meſme cherir mes maux puis qu'ils en ſont la cauſe,
Et me perſuader, qu'ils n'entreprennent rien
Qui ne doiue augmenter leur honneur, & le mien:
    Iuturne retenons nos ſoupirs, & nos larmes,
Repouſſons nos ennuis, par de plus belles Armes,
Oppoſons l'eſperance aux apprehentions
Qui ſement le deſordre entre nos paſſions
S'oyons ce qui faut eſtre, & non ce que nous ſommes,
Mépriſons les mal-heurs, tâchons de paroiſtre hom-
    mes
Quoy qu'il tonne ſur nous, gardons nous de bleſmir,
Sentons le coup du foudre auant que d'en fremir:
Et qu'on doute en voyant, nôtre conſtance Auſtere
Si Turne eſt mon Amant, & s'il eſt voſtre frere.

IVTVRNE.

Madame ie ne puis contraindre mes douleurs
Iuſqu'à leur refuſer, des ſoûpirs & des pleurs,
Montrer de la conſtance, eſtant ſi mal-heureuſe
C'eſt paroitre inſenſible, & non pas genereuſe,
Ce que vous appelez, courage & fermeté
Paſſe à mon iugement, pour vne dureté
Le ſang s'attache au ſang, auec plus de tendreſſe
Ie doy m'abandonner au cours de ma triſteſſe,
Quand de la peur d'vn mal, vn eſprit eſt atteint

Il a droit de s'en plaindre, au moment qu'il le craint,
Celuy que i'apprehende, estant vn mal extreme,
Ma plainte & ma douleur doiuent estre de mesme,
Et de quelque raison, que vous me combattiez,
Ie suis sœur, discourez, comme si vous l'estiez.

LAVINIE.

Il est vray que le Ciel, alors qu'il nous fait naistre
Nous depart vn instinc, qu'on ne peut m'econnoistre
Par qui nous redoutons, & ressentons les coups
Qui blessent ceux qui sont d'vn mesme sang que nous;
Mais cette passion, digne d'vne belle Ame
Qu'on exprime point mieux que par le nom de flame,
L'Amour sur nos esprits, agit plus puissament,
On considere moins vn frere qu'vn Amant,
Par elle on se transforme, en l'obiet que l'on ayme
Et l'on ne cherit rien à l'esgal de soy-mesme.
     Toutefois vous voyez, qu'au point de succomber
Sous le faix d'vn mal-heur, qui s'appreste à tomber
Mon ame se resout, d'en attendre l'atteinte
Auant que ma douleur s'exprime par ma plainte.
Ie confesse pourtant, qu'à peine ma vertu
Assiste mon espoir, de crainte combattu,
Ie l'entens quelquefois, qu'elle demande tréue,
Mais le combat en noble, il faut que ie l'acheue,
Que le destin me perde, où me sauue auiourd'huy

Que ie meure auec Turne, ou triomphe auec luy.
Mais qu'apporte Sidon?

SCENE II.

SIDON, LAVINIE, IVTVRNE.

SIDON.

V*Ne belle nouuelle.*

LAVINIE.

Comment donc?

SIDON.

   Les Troyens, soit par crainte ou par zele
S'opposent au dessein, de leur chef genereux
Qui veut combatre seul, pour la gloire & pour eux,
Il leur oppose en vain le pouuoir que luy donne
Dessus leurs volontez, le sceptre, & la Couronne,
Ils ne profitent rien, tous d'vne mesme voix
Disent qu'ils sçauent mieux se conseruer leurs Rois.
Ce Prince à qui l'honneur est plus cher que la vie,
Menace ces suiets, qui choquent son enuie,
Mais comme son courroux, est tout prest d'éclatter

Ils font parler son Fils, afin de l'arrester.
 Quoy Seigneur (luy dit-il) apres mille tempestes
Donc vos sages Conseils ont guarenty nos testes,
Aprés auoir dompté l'Air, les eaux, & le sort,
Voulez vous tristement, faire naufrage au port?
Voulez vous tous nous perdre, & manquer de pru-
 dence
Quand vous n'auez besoin, que de son assistance?
Nos ennemis lassez de tenir contre vous
Sont au point de venir embrasser vos genoux,
L'appel qu'ils vous ont fait, en vn clair tesmoignage
Du manque de leur force, & de nostre aduantage
Ils n'esperent plus rien que de leur desespoir,
Foibles & fatiguez, ils s'esleuent pour choir.
Laissez les se détruire, & se confondre eux mesmes
Enfin mocquez vous d'eux, & de leurs Stratagemes,
Ou si vous desirez d'imprimer sur leur front
Le visible remors, de l'appel qu'il nous font,
Mon Pere permettez, dit ce Fils magnanime,
Que le trespas de Turne accroisse mon estime,
Et qu'au dessein que i'ay, de peindre ma valeur,
Ce fer soit mon peinceau, son sang soit ma couleur:
Ænée à ce propos, demeure sans replicque,
La vertu de son Fils, le regrée & le picque,
Il conçoit du plaisir de le voir genereux,
Mais il voudroit qu'il fut, plus conforme à ses vœux.

Cependant les Troyens, autorisez d'Iüle
Font sortir de leur camp Policlette & Venule,
Auecque ce discours, que le Chef d'vn estat
Doit se battre en Monarque, & non pas en soldat,
Ainsi tous deux l'ont dit, dans la sale prochaine
En presence du Roy, de Turne, & de la Reyne,
Qui pour quelque respect differant à sortir,
M'a fait commandement de vous en auertir.

LAVINIE.

Ie rends graces aux Dieux, dont la bonté propice
Daigne nous retenir, au bord du precipice,
Ce zele, ou cette peur, contraire à ses proiets,
Que le Prince Troyen, rencontre en ses suiets
Est vn effet du Ciel, qui nous doit faire entendre
Qu'il veille dessus nous, & qu'il veut nous deffendre,
Il a veu vos douleurs, & mon pressent ennuy
Sans partir de mon cœur, est monté iusqu'à luy.

IVTVRNE.

Vous vous flattez beaucoup, & trop tost ce me sem-
    ble,
De ma part ie crains tout, ie paslis, & ie tremble,
Et s'il faut que mon cœur, s'explique ouuertement
Ie n'attens rien de bon d'vn si prompt changement,
Lors qu'on calme soudain appaise vn grand orage,

Les

Les experts matelots craignent plus le naufrage,
Nous flottons dés long-temps au milieu d'vne Mer,
Ou le Ciel contre nous se ligue auecque l'Air,
La bonace suruient contre toute apparence,
Conceuons de la crainte *&* non de l'esperance,
Nous reculons peut estre afin d'aller plus fort,
Heurter contre l'escueil où nous attend la mort.

LAVINIE.

Vous vous deffiez trop, *&* cette deffiance
Que vous auez des Dieux *&* de leur préuoyance
Peut passer aupres d'eux pour vne impieté
Qu'ils ne souffriront pas auec impunité,
N'attendez que du bien de leur bonté supreme ?
La Reine que voicy vous en dira de mesme,
Ses yeux où l'on peut voir les plaisirs de son cœur
Semblent tacitement condamner vostre peur.

D

SCENE III.
AMATA. LAVINIE,
IVTVRNE. SIDON.

AMATA.

MEs filles, ie vous viens confirmer dans la ioye
D'vne insigne faueur que le Ciel nous octroye,
La colere du sort à la fin s'adoucit.

LAVINIE.

Par voftre ordre, Sidon, en a fait le recit.

AMATA.

Donc, ne redoutons plus la rigueur importane
Qu'a iufqu'ic; fur nous exercé la fortune,
Noftre heur pour commencer n'eft pas moins affermy,
Les Dieux aux affligez n'aydent pas à demy.

LAVINIE.

Ouy Madame, voyant que le Ciel nous careffe
Nous deuons faire voir des marques d'allegreffe,
Puis que nous pafferions en n'en tefmoignans pas

Pour des esprits mal nays & pour des cœurs ingrats.
Cependant en faueur de l'ancienne Troye
I'oseray deuant vous suspendre vn peu ma ioye,
Nos differents apart, ie croy qu'il m'est permis
D'estimer la vertu dedans nos ennemis,
On pourroit vainement vouloir que ie m'abstinçe
De faire cas du soin qu'ils prennent de leur Prince,
La resolution de conseruer vn Roy
Peut tirer en tout temps des loüanges de moy.
  Mais ils sont dittes vous moins zelez que ti-
    mides,
Au contraire ils font voir des courages solides;
Puis que pour éuiter vn combat dangereux
Ils chocquent le pouuoir qu'vn Monarque a sur Eux:
Les Latins n'auroint pas cette noble assurance,
Leur Roy hazarderoit sa vie en leur presence,
Et s'il failloit encor que Turne en vint aux coups
Les lâches souffriroient qu'il s'exposaft pour tous.

IVTVRNE.

Madame, c'est bien-tost faire la genereuse
Pour vne ame âuisee & de plus amoureuse
Et c'est auoir recours à d'iniustes moyens
Que de charmer vos maux en loüant les Troyens,
Remarquez ce qu'ils font, comme ce que vous faites
Leurs souhaits, vos refus, quels y sont, qui vous estes,

D ij

Et songez aprés tout que leur Chef & leur Roy,
Veut que vous acceptiez ou sa mort ou sa foy.

AMATA.

Iuturne ce discours est de mauuais augure,
Gouttez mieux le repos que le Ciel nous procure
Et tenez pour certain que dedans peu de iours
Turne possedera l'Obiet de ses Amours.

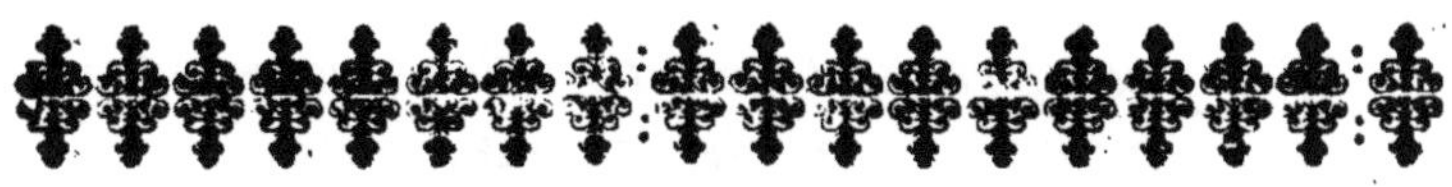

SCENE IV.

TVRNE, AMATA, LAVINIE.
IVTVRNE.   SIDON.

TVRNE.

IL faut auparauant que ce bon-heur insigne,
Satisfasse vn esprit qui s'en confesse indigne,
Qu'on publie en tous lieux, que ce bras a vaincu
Que Turne vit encor & qu'Ænée a vaicu.
Il fait le genereux, luy dont l'Ame seruile
Mesprisa le bon-heur de mourir dans sa ville,
Luy qui ne voulut pas qu'elle fut son cercueil,
Ny briser en heurtant contre vn si noble écueil,

Ses sujets desirans de conseruer sa vie
Ont blâmé hautement sa temeraire enuie,
Ce Prince mal-heureux est toutefois si vain
Qu'il veut auoir l'honneur de mourir de ma main:
Vn d'entre ses soldats qu'il croit le plus fidelle
M'en vient tout fraischement d'aporter la nouuelle,
Toutes ses legions ne l'ont pû diuertir
D'vn mal-heur dont leurs soins le vouloient gua-
    rentir,
C'est peut estre qu'il craint bruslant pour Lauinie
Que son ambition ne demeure impunie,
Et que tirannisé d'vn furieux remors
Il veut par vne mort euiter mille morts.
Mais quoy vous soupirez, & ie voy vos Visages,
Tristes, pasles, deffaits, & couuerts de nüages:
D'où naist dedans vos cœurs tant d'inégalité
Que de vous affliger de ma felicité,
Que de verser des pleurs alors que la victoire
Me prepare vne place au temple de memoire,
Dittes moy grande Reyne apprehendez vous tant
De me considerer dans vn lustre éclattant,
De me voir reuenir la teste couronnée,
Et richement paré des dépoüilles d'Ænée
Craignez vous que l'on die aux siecles qui vien-
    dront
Que mille beaux lauriers ont ombragé mon front ?

D iij

Vous qu'on voit s'attrister quand le fort m'en pro-
    spere,
Est ce de la façon que vous traittez vn frere,
Est ce ainsi qu'vn grand cœur lachement abattu
Respond à sa naissance & souftient sa vertu,
Cachez voftre tristesse & renfermez vos plaintes,
Montrez de l'asseurance au lieu de tant de craintes,
Esleuez vos pensers, respirez pour l'honneur
Où ne m'obligez plus à vous nommer ma sœur.

    Et vous chere moitié de mon ame enflamée
Laissez moy trauailler à voftre renommée,
Permettez que ce fer qui ne redoute rien
Graue dedans son sang voftre nom & le mien,
Mon Riual se verra du premier coup abattre,
Car ie vay triompher puisque ie vay combattre.

LAVINIE.

Helas

TVRNE.

    Ha! ce soûpir est indigne de vous,
Ie m'en tiens offencé, ie le dis entre nous,
Prest de vous conquerir par vne belle voye,
Vne iniufte douleur estouffe voftre ioye.

LAVINIE.

Ie crains.

TVRNE.

Que craignez vous ?

LAVINIE.

Ce qui peut arriuer
Vn mal-heur.

TVRNE.

Ma vertu m'en sçaura préseruer.

LAVINIE.

Prince si vous m'aymez autant que vous le dites.

TVRNE.

Brisons là, mon Amour esgale vos merites,
Que cela nous suffise en l'estat où ie suis
Vous dire ces trois mots, est tout ce que ie puis,
Ie sens, si ie restois en ce lieu dauantage
Que vous pourriez enfin esbranler mon courage.
Adieu Madame, adieu, ie vous laisse mon cœur,
C'est assez de mon bras, pour reuenir vainqueur.

SCENE V.

AMATA, LAVINIE.
IVTVRNE. SIDON.

LAVINIE.

Allez cruel, allez, mocquez vous de mes
　　craintes,
Fermez l'œil à mes pleurs *&* l'oreille à mes plaintes,
Suyuez les mouuements dont vous estes pressé
Et reprenez vn cœur que vous m'auez laissé ;
Allez imprudamment exposer vostre vie.
Prodiguez vostre sang mon ame en est rauie,
Ie suis vostre conqueste *&* pour vn si beau prix
Vous deuez bien auoir vostre vie à mépris,
Ce desir de combatre est noble *&* légitime,
Si ie l'ay condamné maintenant ie l'estime,
Et si ie l'ay nommé du nom d'aueuglement
Ie l'appelle à cette heure vn trait de iugement.
　　Mais Ciel qu'en mon mal-heur aisement ie me
　　　flatte
Que c'est mal à propos que mon depit éclatte,
Et que ie manque bien de raison *&* d'Amour

Dé

De consentir que Turne aille perdre le iour,
De raisonnable effet d'vne fureur extréme
Auec luy ie pers tout & ie me pers moy-mesme :
    Reuenez cher Amant, ou du moins retardez,
Ie ne valus iamais ce que vous hazardez,
Vostre ardeur au combat n'a rien de legitime,
Ie la crains, ie l'abhorre, & ie l'appelle vn crime
Comme paroissant moins à mon cœur agité
Vn trait de iugement qu'vn trait de cruauté.
    Mais ô Ciel, le barbare est trop loing pour m'en-
    tendre,
Madame allons apres, courons sans plus attendre,
Et vous, venez oster à ce frere inhumain
Et la rage du cœur & le fer de la main,

SCENE VI.
LATINVS, AMATA, LAVINIE.
IVTVRNE, SIDON.
LATINVS.

NE vous hastez pas tant, il n'est pas necessaire
De s'empresser si fort alors qu'on veut mal
faire.

                    E

LAVINIE.

Seigneur nous n'auons pas de si mauuais desseins.

LATINVS.

Tous vos déguisemens sont superflus & vains,
Ie m'arreste au raport que m ont fait mes oreilles,
Quoy doncques, vous auez des foiblesses pareilles?
On tasche d'asseruir tout l' Empire Latin,
Turne y veut resister, vous plaignez son destin?
Ha! c'est vous tesmoigner, trop lasche & trop cou-
 pable,
Mille voudroient tenter ce peril honorable,
Mille tiendroient les coups & la mort à mépris,
Si ie leur permettois de combatre à ce prix.

LAVINIE.

Ha! Sire que i'obtienne vn moment d'audience,
Souffrez que mon Amour s'exprime en ma deffence,
Et qu'il vous fasse voir que ie n'ay point de tort
De plaindre mon Amant si proche de la mort.

LATINVS.

Ouy, i'en escouteray les raisons & les causes;
Mais ce lieu n'est pas propre à traitter de ces choses,
Entrons pour en parler dans cét appartement,

Ie veux que tout cecy soit fait secrettement,
Car ie serois fasché, qu'on sceut de vostre bouche
Combien peu l'interest de l'Empire vous touche.

AMATA.

Arbitres immortels, du destin des humains,
Ie ne fay plus de vœux, ie mets tout en vos mains,

SCENE VII.
IVTVRNE , SIDON.
IVTVRNE.

S Idon, approche, écoute, auras tu le courage
De m'ayder à calmer ce violent orage,
Si ie t'ouure mon cœur, tairas tu mon secret?
SIDON.
Ie sçauray me conduire, en confident discret,
Quelqu'important qu'il soit, asseurez vous Ma-
*   dame,*
Qu'on ne pouura iamais me l'arracher de l'Ame.
IVTVRNE.
Ie m'en ressouuiendray, Sidon viens auec moy,
Ie t'instruiray de tout dans le iardin du Roy.

E ij.

ACTE III.

SCENE PREMIERE.
ÆNEE, ACATE.

ACATE.

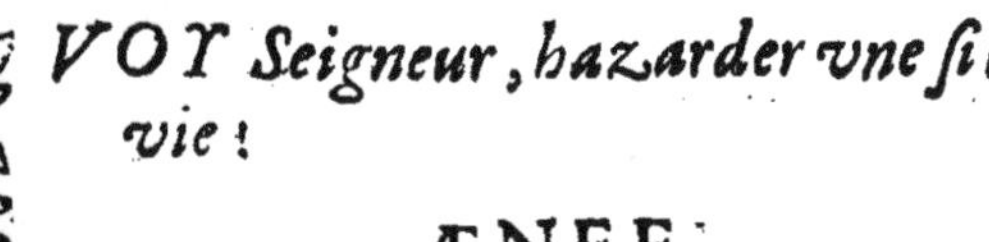

VOY Seigneur, hazarder vne si belle
vie !

ÆNEE.

L'Amour me le commande, & l'hon-
neur m'y conuie,
Ne vous opposez plus à ce noble dessein,
A peine vn Dieu pourroit me l'arracher du sein;
Le sort en est ieté, rien ne m'en peut distraire,
Ænee est courageux, si Turne est temeraire,
Son desespoir me plaist, & quelqu'en soit l'effet,
Ie rends graces au Ciel de l'appel qu'il m'a fait,

Son orgueil apprendra si ma vertu sommeille,
Qu'il faut peu la picquer afin qu'elle s'éueille,
Et qu'vn cœur genereux que l'on heurte trop fort,
Est vn écueil caché dedans vn eau qui dort;
Allez fidelle Acate, allez dans vostre tente
Soulager par vos soins ma genereuse attente,
Si Turne tient parolle & ne consulte pas,
Il doit dans peu de temps dresser icy ces pas,
C'est l'endroit destiné pour finir nostre guerre,
Et calmer tant de bruits par vn coup de Tonnerre,
Allez donc.

ACATE.

Mais Seigneur.....

ÆNEE.

              Allez sans repartir
Et si Turne paraist, venez m'en auertir.

SCENE II.
ÆNEE.

APres mille trauaux, dont la seule memoire
Espouuantera ceux qui liront mon histoire,
Le iour est arriué, qu'ont marqué les Destins
Pour me faire monter au Throsne des Latins,
D'vn Riual insolent, l'arrogante entreprise
Precipite l'effet des parolles d'Anchise,
Lors qu'aux champs Elisez, ie fus voir ce vieillard,
La Sibile me tint ce discours de sa part.
„Poursuy ta course Ænee, & franchis la barriere,
„Qui finit tes trauaux, & borne ta carriere,
„Va chercher ta patrie aux pays estrangers,
„Braue les accidents, affronte les dangers,
„Cours sur toutes les mers, sans craindre les nau-
　　frages,
„Vn iour tout l'Vniuers te rendra des hommages,
„Vn iour tes bras vainqueurs, & tes prosperitez
„Donneront vne Reyne à toutes les Citez,
„Et tu contempleras de mesme qu'vn prodige,
„Mille illustres Rameaux dont tu seras la tige,
„Ton petit fils Iule, estendra ton renom,

,, *Son sang, & sa vertu, feront viure ton nom,*
,, *De luy viendra Romule, & des soins de cét hom-*
    me,
,, *Vne ville naitra qui s'appellera Rome,*
,, *Rome sera sœconde, & ses premiers Enfans*
,, *Entreront dans le monde, armez & triomphans,*
,, *Ils donneront des Loix en receuant la Vie,*
,, *Et portans dans le Cœur, la Superbe & l Enuie,*
,, *Apres qu'ils auront veu, des Rois trainer leurs*
    Chars
,, *Commandans seuls à tous, feront nommez Cesars.*

   Telle éclatta la voix, dont l'Oracle de Cumes
Predit qu'vn iour mon fort feroit fans amertumes
Et qu'eftant enrichy, du bien qui m'eft promis
I'aurois plus d'Enuieux, que ie n'eus d'Ennemis.
Aussi lors que ie penfe à ce diuin Oracle
Ie m'eftime assés fort, pour vaincre tout obftacle,
Cent Riuaux deuffent-ils m'attaquer auiourd'huy
Ie leur refifterois deffus ce ferme appuy.
Eftant fauorifé d'vn Deftin infaillible
Ie me fens, & me crois deformais inuincible.
D'ailleurs l'occafion, d'vn Combat inouy,
L'or du Sceptre Latin dont ie fuis ébloüy,
La Diuine Beauté pour qui i'ay de la flame,
Le defir de la Gloire, & la crainte du blâme,
Et mille autres refpects, des efprits genereux

Me difent que la Mort, n'a rien de rigoureux.
  Mais à ce que ie voy, l'heureux moment s'auance
Auquel on me verra chaftier l'infolence,
Acate de retour, auec de mes Soldats
Me vient dire que Turne arriue fur fes pas.

SCENE III.
ACATE, ÆNEE.
Troupe des Troyens.
ACATE.

SEigneur, les aßiegez font fortis de la Ville,
Et leur abord doit eftre, außi prompt que facile.

ÆNEE.

Acate ne pouuoit me fatisfaire mieux,
La nouuelle eft heureufe, & i'en rends graces aux
    Dieux,
Ma fortune bien toft, changera de vifage,
Soit que Turne fuccombe, ou qu'il ait l'auantage.

ACATE.

Conferués vous, Seigneur, & pour vous, & pour nous,
                                              Où

Où qu'Acate du moins, combatte auecque vous,

ÆNEE.

Ie vous l'ay defia dit, voftre zele me chocque,
Ie doy combatre feul, puis que l'on m'y prouocque,
Ie chargerois mon front d'vn opprobre éternel,
Si ie n'acceptois pas ce glorieux duël.

ACATE.

Et fi vous ne fouffrez que mon bras vous feconde,
I'en conceuray dans l'ame vne douleur profonde.

ÆNEE.

I'ayme dans vn grand cœur vn pareil mouuement,
Mais c'eft quand la raifon luy fert de fondement,
Quand il a confulté fi l'ardeur qui l'enflame,
Ne peut au lieu d'honneur luy procurer du blâme,
S'il ne proiette rien qui foit à contre temps,
Et dont les immortels fe trouuent mécontens;
C'eft en quoy vous manquez, puis que la deftinée
Se veut voir furmonter par les trauaux d'Ænée,
Qu'il n'eft permis qu'à moy d'en diuertir le cours,
Et de nous rendre heureux le refte de nos iours :
De plus c'eft à moy feul que le cartel s'adreffe,
C'eft donc moy qui doy feul tefmoigner mon adreffe,
Ie doy feul fatisfaire à mon fier ennemy,
Et ne me pas montrer genereux à demy;

Souffrir que quelqu'vn m'ayde ou combatte à ma
    place,
Ce seroit flatter Turne & craitre son audace,
Ce seroit l'assurer que ie n'ay point de cœur,
Et deuant mon combat l'auoüer mon vainqueur.

ACATE.

Ce seroit l'assurer qu'il ne vaut pas la peine
Que vostre bras l'immole à vostre iuste hayne,
Que vous estes vn foudre, & qu'il est de ces corps
Sur qui vous dedaignez d'employer vos efforts,
Ce seroit en vn mot luy donner vne preuue,
Qu'il est comme vn roseau, vous de mesme qu'vn
    fleuue,
Dont le rapide cours méprise de heurter,
Vn obstacle impuissant qui ne peut l'arrester.

ÆNEE.

Acate vous parlez auec tant d'éloquence,
Auec tant de chaleur, de zele, & d'asseurance
Que l'octroy de vos vœux armeroit vostre bras,
Si mon ardente Amour ne le defendoit pas :
C'est peu, que la fierté de Turne soit punie,
Il faut qu'en le perdant ie gaigne Lauinie,
Et ie ne puis pretendre à ce contentement
Qu'en faisant dessous moy succomber son Amant ;

Comme cette Princeſſe a l'Ame genereuſe,
C'eſt la ſeule vertu qui là rend amoureuſe,
Ainſi pour meriter, & ſon cœur, & ſa foy
Il faut montrer que Turne en a bien moins que moy:
D'autre part ma douleur, & iuſte & violente,
Doit le ſacrifier aux manes de Pallante,
D'vn ſi fidelle amy, la cheute & le trépas
Demandent à mon cœur cét effort de mon bras,
Doncques n'en parlons plus, & que mon cher Acate
Souffre ſans murmurer que ma douleur éclatte,
Et qu'adreſſant ma voix à ces nobles guerriers,
I'aſſeure qu'ils auront leur part à mes lauriers.

Fidelles compagnons des mal-heurs, dont ma vie
S'eſt veuë en mille endroits cruellement ſuiuie,
Glorieux partiſans du plus noble deſſein
Que l'honneur m'aiſt iamais inſpiré dans le ſein,
Magnanimes ouuriers de ma bonne fortune
Qui vous doit eſtre à tous fauorable & commune,
Voicy le iour fatal, deſtiné pour donner
Du relaſche à nos maux, & pour me couronner.
Soldats, Chefs, Compagnons, Citoyens, Amis,
Freres,
Rendez moy par vos vœux les immortels proſperes,
Coniurez leur bonté de ſecourir vn Roy,
Qui ſe promet tout d'eux & n'attend rien de ſoy.
Priez ces ſouuerains du Ciel & de la terre,

Que mon bras ait l'effet du foudre & du tonnerre,
Qu'à l'abord des Latins, mes regards seulement
Leur donnent du respect & de l'estonnement,
Bref suppliez le Ciel, quoy que Turne ait d'audace,
Que ie sois tout de feu, que luy soit tout de glace,
Il vient d'vn pas superbe accompagné des siens,
Il intimideroit d'autres que des Troyens.

SCENE IV.
LATINVS, TVRNE,
ÆNEE, ACATE.

Troupe des Troyens. Troupe des Latins.

LATINVS.

DOncques voicy l'endroit, où le sort de deux hommes
Doit establir celuy de tous tant que nous sommes,
Doncques c'est en ce lieu qu'vn duël glorieux
Doit nous apprendre à tous la volonté des Dieux,
Que la valeur de Turne, ou que celle d'Ænee
Va glorieusement vaincre la destinée,
Deliurer mon pays des outrages de Mars,

Et décharger mes champs d'vne moisson de darts,
C'est donc, c'est donc icy, que la crainte bannie,
Amour paroist armé pour gaigner Lauinie,
Et que de deux Riuaux qui veulent l'acquerir,
Le plus iuste doit vaincre, & l'autre doit perir:
   Mais auant que le sort decide par les armes,
Nos sanglans differents, nos haynes, nos alarmes,
Iurons & l'vn & l'autre, & de bouche & de cœur,
Que les gents du vaincu cederont au vainqueur,
Qu'ils se reposeront à l'ombre de ses palmes,
Et laisseront mon Ame & mes Prouinces calmes.

ÆNEE.

Seul pour tous mes Soldats, i'atteste les Grands-
   Dieux
Qui m'entendent parler, puis qu'ils sont en tous
   lieux,
Que si dans ce combat mon Riual me surmonte
Vous les verrez bien loin, s'enfuir auec ma honte;
   Astre pere du iour qui cours incessament,
Clair flambeau, ie te fay témoing de mon serment,
Et toy noble pays, florissante Italie,
Où l'Ordre du Destin prescrit que ie m'allie,
Belle terre, pour qui l'on m'a veu si souuent,
Et le ioüet de l'onde, & le butin du vent,
Toy Pere tout puissant qui regit le tonnerre,

Esto nunc sol testis, & hæc mihi terra precantin, &c. Virg. Æneid. xij.

F iij

Toy Iunon qui te plais à me faire la guerre,
Toy qui dans les combats, suiuy de la terreur
Porte le desespoir, le carnage & l'horreur,
Mars, qui peux quand tu veux par ton ardeur fu-
    neste,
Mettre dans les Citez, la famine & la peste,
Et vous humides Dieux qui dans le sein des Eaux
Auez pour logements des palais de Roseaux;
Toy maistre du Trident qui tiens sous ta puissance
Cét élement constant dedans son inconstance,
Neptune qui m'aydas alors que malgré toy
Iunon vouloit ouurir ses abismes sous moy.
Liguez vous tous ensemble & coniurez ma perte
　　　　　　　　　　Par vne guerre ouuerte,
Enfin reduisez nous dans vn funeste estat
Si nous contreuenons aux loix de ce combat.

LATINVS.

Ie iure ainsi que vous, le Ciel, la terre & l'onde,
La Lune & le Soleil ces deux flambeaux du monde,
Ianus au double front, les forces de l'Enfer,
Les Démons sousterrains, & ceux qui sont dans
    l'air,
Celuy qui m'engendra, dont la main vangeresse
Oppriment les humains qui faussent leur promesse,
Bref i'atteste le Ciel & tous les immortels,

Leurs Temples adorez, & leurs sacrez Autels,
Que si Turne est vaincu ma fille sera vostre,
Et que vostre desir fera des loix au nostre,
Rien ne peut esbransler vn si ferme propos,
Non pas quand l'Occean en grossissant ces flots
Feroit renaitre encor cet ancien orage,
Ou Deucalion seul fust exempt du naufrage,
Non pas mesmes aussi quand ces Astres diuers
Qui brillent dans le Ciel tomberoient aux Enfers,
Plustost ce sceptre cy, par vn nouueau prodige,
Ira se reünir de soy-mesme à sa tige,
Et produira des fleurs comme il fit autrefois,
Auant que l'artifice eust embely son bois,
Et qu'il fut destiné pour seruir d'vne marque
Qui distingue vn sujet d'auecque son Monarque.
Ouy plustost que ie manque à garder mon serment,
L'Vniuers reuolté verra ce changement.

Nam
sceptrū
forte
gerebat
Virg.

TVRNE.

Les loix de ce combat sont assez affermies,
Esteignons dans le sang nos flames ennemies,
Voyons qui de nous deux contera dans ces biens,
Vn thresor où le Ciel renferma tous les siens.

ÆNEE.

Prince, ma passion respond à vostre enuie,

Vn trespas glorieux m'est plus cher que la vie ;
Deployez vos efforts , & ne m'espargnez point,
L'honneur vous le commande , & l'Amour vous
l'enioint ,
La Princesse l'ordonne , & ses yeux pleins de char-
mes ,
Veulent voir auiourd'huy mon sang dessus vos ar-
mes .

TVRNE.

Superbe Phrigien , vous allez esprouuer
Que c'est trop tard me craindre , & trop tost me bra-
uer ,
Tranchant du premier coup vostre honteuse trame ,
Ie vous feray vomir vostre sang & vostre Ame .

ÆNEE.

Assistez moy grands Dieux .

TVRNE.

Mon bras assiste moy .

ÆNEE.

Ie n'implore que vous .

TVRNE.

Ie n'implore que toy .

SCENE V.

SCENE V.

IVTVRNE, TVRNE, ÆNEE.
LATINVS, ACATE.

Troupe des Troyens. Troupe des Latins.

IVTVRNE

En habit de Caualier.

BArbares genereux, courages sanguinaires,
Ambitieux Riuaux, illustres aduersaires,
Suspendez vos fureurs, le Ciel l'ordonne ainsi,
Et ce sont ses arrests qui m'amenent icy,
Qu'on m'escoute parler sans que l'on m'interrompe,

TVRNE.

Mars ne parust iamais auecque plus de pompe,
Il faut que ce soit luy,

LATINVS.

Ie le pense.

G

LE TVRNE,

IVTVRNE.

Escoutez.
L'organe du Destin & des Dieux irritez.

ÆNEE.

Puis que c'est de leur part, vous aurez audiance.

IVTVRNE.

Qu'aucun donc d'vn seul mot, ne rompe son silence,
Et si ma voix sur luy, fait quelqu'impreßion,
Qu'il ne le fasse voir que par son action.
  Le Ciel que ie consulte, & mesme où ie demeure,
M'a fait en cette place arriuer à bonne heure,
Si i'eusse differé d'vn moment à venir.
Le lustre des Latins s'en alloit se ternir,
Vn seul homme à leurs yeux, au dépens de leur gloire
Estoit prest d'eriger vn Temple à sa memoire,
Turne immortalisoit sa valeur & son nom,
Et perdoit son pays, pour craitre son renom :
Ouy Latins de ce chef, l'Ame boüillante & prompte
Alloit estre vaincuë, ou vaincre à vostre honte,
Son triomphe où sa mort en cette occasion,
Vous alloit aporter de la confusion,
S'il eust esté vainqueur, sa vaillance estimée,
Eust accreu seulement sa propre renommée,

Et si son ennemy l'eust percé de ses coups,
Cét affront signalé n'eust fait rougir que vous :
Apres vn bon succez, les nations estranges
Eussent mis dans le Ciel, & Turne & ses loüanges,
Mais apres sa deffaite, on eust dit en tous lieux
Les Latins sont vaincus, les Troyens glorieux,
L'Helespont a soumis à ses loix l'Italie,
Vn pays si superbe auiourd'huy s'humilie,
Des peuples si puissans sont deuenus au point
De se voir gourmander & n'en murmurer point.

Ha genereux Latins éuitez ces reproches,
Faites, faites, plustost de sanglantes approches,
Mourez, mourez plustost, que de souffrir qu'vn
  bras
Conserue à vostre honte, ou perde vos Estats.
Quelle apprehension peut glacer vos courages ?
N'estes vous pas munis de tous les auantages ?
Ces Phrigiens sont ils pour vous trop belliqueux,
Estes vous moins en nombre & moins en force qu'eux ?
Vous voyez la Troade & l'Arcadie entiere,
Que l'vne & l'autre icy tombent sur la poußiere,
Si vous les engagez dans vn combat commun,
Fussent ils plus encor vous serez deux contre vn.

Courage compagnons, en pareille auanture
Le tumulte iamais n'est de mauuaise augure,
Alors que le Ciel tonne, & que l'on voit l'éclair.

G ij

C'est signe que la foudre est preste à fendre l'air.
Vous tonnez, & vos yeux enflamez de colere,
Representent ce feu, qu'on voit quand il éclaire,
Vos armes dont l'aspect peut tout épouuanter,
Sont des foudres mortels qu'on ne peut éuiter,
Lancez, lancez les donc, sur ces coupables testes,
Qu'en mourant, les Troyens apprennent qui vous
     estes.
     Mais que mal à propos ie veux vous animer,
Vous montrez vne ardeur qu'on ne peut exprimer,
Vos cœurs pour le combat, ont de l'impatience,
Et vous ne balancez qu'afin que ie commence.
Ie vay donc sur leur chef porter le premier coup,
Donnons, nous les vaincrons sans nous péner beau-
     coup.

ACTE IV.

SCENE PREMIERE.
AMATA, TVRNE.

TVRNE.

OVY, Madame, nos mains noblement occupées,
Pour accourcir nos iours, alongeoient nos espées,
Nous commencions desia, de porter quelques coup
Quand ce ieune guerrier se vint mettre entre nous,
Et quand sa voix fatale aux progrez de ma gloire,
Me déroba l'honneur, d'vne illustre victoire.

AMATA.

Quel que soit ce guerrier, i'estime sa valeur.

G iij

TVRNE.

Et ie n'en puis loüer, l'indiscrete chaleur,
Sur le point que i'allois faire mordre la terre,
Au temeraire auteur d'vne sanglante guerre,
Lors que i'estois tout prest de luy percer le sein
Ce guerrier incognu vint trahir mon dessein,
Il sauua mon Riual de la mort toute preste,
Son ardeur fit fletrir des Lauriers sur ma teste,
Et semant dans le camp le tumulte à son gré
Il me precipita d'vn superbe degré,
A cette heure sans luy l'ennemy qui nous braue,
Ou n'auroit plus de vie, où viuroit nostre esclaue.

AMATA.

Turne ne blâmez pas ce guerrier genereux,
Il vous a retiré d'vn pas bien dangereux;
Puis qu'apres vne foy, sainctement establie,
Le Ciel a consenty qu'elle fut affoiblie,
C'est signe que sa force esclaue du destin
Ne pouuoit plus ayder à l'Empire Latin,
Et que d'vn homme seul la cheute infortunee
Nous alloit tous ranger sous le pouuoir d'Ænée.

TVRNE.

Si le Ciel, & le sort, le fauorisoient tant

Ses'armes auroient eu plus d'heur en combattant,
Et les fureurs de Mars reprimant son audace,
N'en auroient pas couché tant des siens sur la place.
Quand ie me represente vn choc si furieux,
Le carnage & l'horreur paroissent à mes yeux,
Ie voy deux Camps meslez sacrifier leur vie,
Et rendra en expirant leur sort digne d'enuie,
Ie voy de toutes parts de genereux guerriers,
Ou tombez, ou tombans, sous le faix des lauriers,
L'vn & l'autre party s'eschauffe & s'encourage,
Le courroux saisit l'vn, l'autre cede à la rage,
Et tous deux alterez de la soif de leur sang,
Ils courent en chercher des sources dans leur flanc :
Mais parmy ce desordre où la Parque insolente
Donne la mort aux vns, aux autres l'espouuante,
On met dans la moisson, bien moins d'epics à bas,
Que ie ne fay tomber de Troyens sous ce bras ;
Ie tiens ou leur deffaite, ou leur suitte asseuree,
Leur foiblesse est cognuë, & ma force admirée,
I'en fais autant mourir que ce fer en atteint,
Et l'ennemy pastit du sang dont il est teint ;
Enfin on me voit tel qu'on a peu vous apprendre
Que i'estois quand ce bras deffit ce ieune Euandre,
Ce Pallante qu'Ænee aymoit si cherement,
Et que ie despoüillay de ce riche ornement,
C'est à dire en vn mot, que dans cette meslée

Ma valeur se rendoit pour iamais signalée,
Et que mon cimeterre estincelant dans l'air
Faisoit tout ce que font & la foudre & l'esclair,
Lors que voicy venir cinq cens hommes en armes,
Portans aux yeux le feu, le meurtre, les alarmes
Qui par leur arriuée impreueüe aux Latins
Les font se deffier du soing de leurs destins,
La frayeur aussi tost les rend tremblans & blesmes,
Loin de se faire craindre, ils se craignent eux mes-
    mes.
Leur genereuse ardeur tout d'vn coup s'alentit,
Ils poussent tous des cris, dont le camp retentit,
Et l'ame d'vnchacun à ce point s'est reduite
Que la peur de la mort luy conseille la fuitte,
Ie suis abandonné, mon pays me trahit,
Ie parle, ie commande & nul ne m'obeyt,
L'ennemy vient à moy, i'en redoute l'approche,
Mais ie crains si ie fuy d'en auoir du reproche,
Enfin chargé de honte & de rage troublé,
Ie cede sur le poinct de me voir accablé,
Ainsi ce ne fut pas le bon destin de Troye
Qui mit & mon honneur, & mon Amour en proye,
Ce fut la trahison de nos lasches soldats
Troublez par vn renfort, qu'ils ne preuoyoient pas,
Les perfides qu'ils sont, deuoient auant leur fuitte
Reflechir sur leur chef, & dessus sa conduitte,

S'ils

Et songer en brauant les forces d'Ilion,
S'ils estoient tous des cerfs, que i'estois vn lion,

AMATA.

Mais tousiours ce combat s'est fait à nostre perte.

TVRNE.

L'estat n'apperçoy point celle qu'il a soufferte,
Fort peu de nos soldats ont respandu du sang,
Et du leur les Troyens ont veu naistre vn estang,
Ainsi toute leur gloire & tout leur aduantage
C'est d'estre restez seuls tesmoins de leur naufrage,
Et dedans le mépris qu'ils faisoient du trespas
D'auoir contraint à fuir nos timides soldats,
Quoy que pour excuser la faute qu'ils ont faite
Ie pourrois appeler leur fuite vne retraitte.

AMATA.

Ce seroit trop flater des traitres tels qu'ils sont,
Et mesme autoriser les laschetez qu'ils font,
Il faut mieux distinguer la retraite & la fuite,
La premiere est l'effet d'vne bonne conduite,
L'autre est vn tesmoignage infaillible & honteux,
D'vn courage timide, imprudent & douteux,
Celuy qui se retire a de vaincre vne enuie,
Celuy qui fuit, n'en a que de sauuer sa vie;
Mais parmy ce cahos & d'horreur & d'effroy,

H

Vous ne me dites point qu'est deuenu le Roy.

TVRNE.

Ie l'ignore Madame, & c'est ce qui me trouble.
Icy mon desespoir, & ma crainte redouble,
Ie croyois le trouuer de retour au Palais.

AMATA.

Te reste-il (ô Ciel) encore quelques traits,
N'est-ce pas le dernier que ta fureur décoche,
Vn Roy mort ou captif, ô trop sanglant reproche ;
O crime detestable, autant qu'inopiné,
Du chef & des soldats qui l'ont abandonné.

TVRNE.

Ce propos de mépris sensiblement me touche,
Mon cœur en fait sa plainte aussi bien que ma bou-
    che,
Que le Roy soit captif ie seray sa rançon,
Mais c'est trop s'emporter sur vn simple soupçon,
En ce mesme moment il arriue peut estre,
Et m'affranchis des noms & de lasche & de traitre.

AMATA.

Peut estre aussi bien tost on viendra m'auertir
D'vn mal-heur que la peur me fait desia sentir,

Mais que dy-ie peut estre, hé Dieux la chose est
vraye!
Tyréne que voicy vient agrandir ma playe.

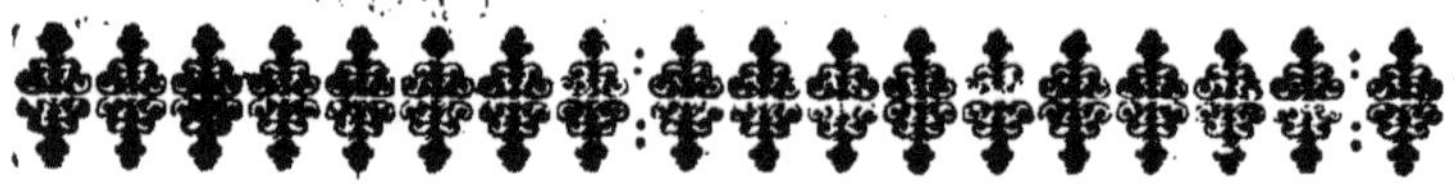

SCENE II.
TYRENE, AMATA, TVRNE.

TYRENE.

*P*Réparez vous Madame à receuoir vn coup,
  Qui doit ou vous abatre, ou vous bleßer beau-
    coup.
Nostre Roy n'est plus Roy, le Troyen qui nous braue
Le tient dedans son camp, & le traite d'esclaue,
Ie ne puis déguiser vn mal si violent,
Ie trahirois l'estat en le dißimulant.

AMATA.

Et bien Turne, ma crainte est elle condamnable,
Ou plustost mon courroux n'est-il pas raisonnable ?
Ne meritez vous pas le reproche outrageux
D'estre perfide Amant, & Chef peu courageux ?

TVRNE.

Exagerez encor afin de me confondre,
Puis que vous me blâmez ie ne veux pas respondre,
Faites moy grande Reyne vn reproche éternel,
Si ie vous ay despleu ie suis trop criminel :
Bien que ce soit à tort que vous m'appeliez lasche,
I'ayme mieux voir sur moy cette honteuse tasche,
Que de m'en exempter & d'vn mot seulement,
Chocquer voftre discours & voftre iugement.
Dittes qu'ingratement i'ay trahy ma patrie,
Que i'ay sacrifiér l'eftat à ma furie,
Preffé comme ie suis d'vn soudain defefpoir
Vn mot en ma deffence excede mon pouuoir,
La crainte d'eftre mal aupres de mon Amante
Rend ma langue immobile & mon Ame tremblante;
Si cét Aftre viuant qui fait mes plus beaux iours
D'vn clin d'œil seulement approuue vos difcours;
Si le moindre soupçon se gliffe dans son Ame,
Son efprit genereux méprisera ma flame,
Ie passeray pour lasche & son cœur tout Royal,
Me traittera de Prince, & d'Amant defloyal
Cette peur, ce penser m'inquiette & me gefne,
Ie souffre en ce moment vne cruelle peine,
Et si ie suis contraint de faire vn autre choix,
En ce mefme moment ie mourray mille fois,

Elle vient, mais ô Dieux ! son visage adorable
N'a plus cette douceur qui le rendoit aymable,
I'y voy du changement, & de l'émotion
Ou pour mieux dire encor de l'indignation,

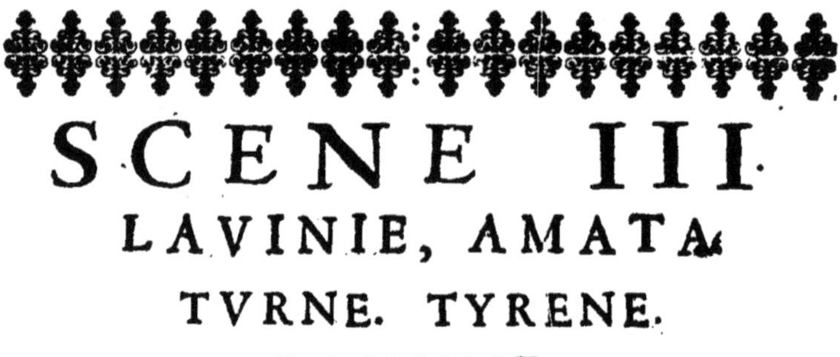

SCENE III.
LAVINIE, AMATA,
TVRNE. TYRENE.
LAVINIE.

A Mour, c'est trop long temps parler en sa def-
fence,
Mon devoir t'interrompt & t'impose silence.
Quoy mon Pere est captif, & vous n'estes pas mort ?
Le naufrage du Roy vous a mis dans le port,
Vous respirez encor, & cent mortelles fléches
N'ont pas fait sur ce corps de glorieuses bresches ?
Ha Latins qui n'eust dit que nostre liberté
Eust esté chere à Turne autant que la clarté,
Cependant nous tombons sous le pouuoir d'Ænée,
Sans que de ses destins la course soit bornée,
Il suruit à l'honneur, qu'il deuoit tant cherir
Et peut nourrir encor l'espoir de m'acquerir,

H iij

Parce qu'à son Amour le Roy n'est pas propice
Il l'a conduit exprés dedans le precipice,
Croyant mal à propos par ce lasche moyen
D'auancer nostre Hymen, & m'oster au Troyen.

TVRNE.

Portez encor plus haut vostre illustre colere,
Ouy i'ay trahy le Roy, l'Estat, & vostre Pere,
Imaginez, ioignez d'autres maux à ceux-cy,
Si vous m'en accusez ie m'en accuse aussi.

AMATA.

Mais repoussez ce trait contre vostre auersaire
Et montrez quelle forme vn soupçon temeraire.

LAVINIE.

Ouy si vous le pouuez faites voir que i'ay tort,
Et que nostre disgrace est vn reuers du sort.

TVRNE.

Ie vay puis qu'il vous plaist parler en ma deffence
Bien moins par interest que par obeyssance,
Et puis qu'en la raison m'aura iustifié
Ie veux à vos soupçons estre sacrifié :
   Le duël diuerty par l'abord d'vn seul homme
Que ie ne puis nommer, mais digne qu'on le nomme,

Fit par vn changement aussi prompt que fatal
D'vn combat singulier vn combat general.

LAVINIE.

Ie sçay cét accident qui nous charge de honte,
Il n'est pas de besoin que l'on me le raconte.

TVRNE.

Doncques sans raporter la harangue que fit
Cét eloquent guerrier à qui l'on satisfit,
Vous sçaurez que son bras poussé de son courage
Portant le premier coup fit éclatter l'orage,
Nos soldats animez de ces males discours
Le voyant en danger luy presterent secours,
Lors les traits que dans l'air on décocha sans nom-
    bre
Firent qu'en plein midy l'on combattit à l'ombre,
Le desordre soudain séme dans les deux camps
Mesla les attaquez auec les attaquans,
Le carnage, l'horreur, l'assurance, les craintes,
L e desespoir, les pleurs, les soupirs, & les plaintes,
Vn nuage de poudre, vn effroyable bruit
Changerent vn beau iour en vne affreuse nuit:
Parmy ce triste amas d'horreurs & de tenebres,
Où l'ombre enseuelit mille actions celebres,
Tandis que ie faisois par tout briller ce fer,

Le Roy s'esuanoüit de mesme qu'vn esclair ;
Trois fois pour le trouuer & pour fuir l'infamie
Ie fus iusques au cœur de l'armée ennemie,
Et durant ce temps là, sans estre espouuanté
Ie vis plus de cent fois la mort à mon costé ;
Mais enfin ne prenant qu'vne peine inutile
Ie me persuaday qu'il estoit dans la ville,
Ainsi des ennemis ie me sçeu dégager
Plus pour suiure le Roy, que pour fuir le danger.

    C'est de cette façon, rigoureuse Princesse,
Que i'ay trahy l'Estat, mon honneur, ma Maitresse,
Mon crime est aueré vous le deuez punir,
Et c'est vne faueur que ie veux obtenir,
Vn Prince genereux auroit perdu la vie,
Vn veritable Amant vous auroit mieux seruie,
Ie suis vn lasche Prince, vn Amant deguisé
Et vous auez raison de m'auoir accusé.
Faites doncques agir vostre iustice extreme,
Commandez qu'on vous vange, ou vous vangez vous
    mesme,
Tenez, prenez ce fer, donnez moy le trespas
Ou si vous l'aymez mieux, laissez fai . ce bras.

LAVINIE.

Prince vous me brauez, & pour craitre ma honte

De

De vos iours & des miens vous faites peu de compte,
Aprés m'auoir montré quelle estoit mon erreur,
Vous quittez la raison pour suiure la fureur.
Faites mieux, preseruez vne si belle vie
Des traits iniurieux que decoche l'Enuie,
Si vous ne surmontez ces indignes transports
Le peuple les prendra pour l'effet d'vn remors,
Et dira comme il croit tousiours le vray semblable ;
Que Turne auroit vescu, s'il n'eust esté coupable.
Euitez ce reproche à vostre honneur mortel,
Tesmoignez aux Latins que vous n'estes point tel,
Rassemblez nos soldats instruisez les d'exemple,
Donnez de vostre cœur vne preuue bien ample,
Dans le Camp des Troyens allez tout foudroyer,
Portez y la frayeur sans vous en effrayer,
Et pour dire en vn mot, si vous me voulez plaire
Laissez leur vostre vie ou leur ostez mon Pere,
Ouy malgré mon Amour ie suis ferme en ce point,
Turne amenez mon Pere, ou ne reuenez point ;
Que si de mes soupçons le souuenir vous fasche,
Songez que la nature est vne forte attache,
Et que tousiours mon sexe en des mal-heurs si grands
Croit s'il est moderé plaindre mal ses parents.

TVRNE.

Ma Princesse il suffit, ces deux mots m'adoucissent
Ie ne desire plus que mes yeux s'obscurcissent,

I

Ce que i'ay de chaleur tend à vous fecourir
Et ie meurs du regret d'auoir voulu mourir.
Le temps ne permet pas qu'on le perde en parolles,
Les longs raifonnemens, marquent les ames molles,
Il faut fans confulter dedans vn mal preffant
Recourir au remede auffi toft qu'on le fent,
Bien fouuent le venin qu'imprime la vipere
Gaigne & bleffe le cœur tandis qu'on delibere.
Adieu donc, ie m'en vay combattre vaillamment
Vous aurez voftre Pere où n'aurez plus d'Amant,

SCENE IV.

LATINVS, SIDON, TVRNE.

AMATA, LAVINIE, TYRENE.

LATINVS.

A Enee eft genereux.

AMATA.

O Ciel peut il bien eftre?

LAVINIE.

Mes yeux eft ce le Roy que vous voyez paraiftre?

TVRNE.

Voſtre priſe Seigneur n'eſtoit donc qu'vn faux bruit?

LATINVS.

Ne m'interrompez point, vous en ſerez inſtruit.
Quand ie vy nos Soldats proche de leur defaite
Ie me creus obligé de faire vne retraite,
Mais au poinct de me voir eſchappé du hazar
Vn ombrage ſurprend les cheuaux de mon char,
Auſſi-toſt la frayeur les fait changer de route
Ils guident leur cocher dedans cette déroute,
Ils gourmandent le frein que ſon art leur a mis,
Et m'entraiſnent enfin au camp des ennemis,
Ie n'y ſuis pas pluſtoſt qu'à l'inſtant on m'arreſte,
Le ſoldat inſolent me braue & me mal-traite,
Et penſant de ſon Prince en eſtre bien voulu
Sur moy pour m'y conduire il ſe rend abſolu;
Mais apres m'auoir fait ce traittement indigne
Toute ſa recompenſe eſt vn affront inſigne,
Son Monarque enuers luy iuſtement irrité,
Le reprend deuant moy de ſa temerité,
Et m'ayant teſmoigné des reſpects incroyables
Il tient à ſes ſuiets ces mots ou de ſemblables.

  Qu'vn Roy ne ſoit pas libre, il eſt hors de raiſon,
Ou du moins l'Vniuers doit eſtre ſa priſon,

Soldats vous vous flattez d'vn espoir infertile,
Conduisez ce Monarque aux portes de sa ville,
Ie veux le rendre aux siens, & par cette action
Montrer beaucoup d'Amour & peu d'ambition ;
Il est dit, il est fait, vne de ses cohortes
Accompagne mon char, & me rend à nos portes.
    Iugez apres ce trait de generosité
Si ie dois approuuer vostre animosité,
Et si sans estre ensemble ingrat, lasche, & barbare,
Ie sçaurois oublier vne faueur si rare :
Certes ie ne le puis, les Rois sont obligez
De ne laisser iamais de bienfaits negligez,
Aussi ce conquerant auroit desia des marques
Que ie sçay m'acquiter du deuoir des Monarques.
Desia vous le verriez dans nos rebelles murs
Receuoir des plaisirs & tranquilles & purs,
Il seroit possesseur de la beauté qu'il ayme,
Et son front brilleroit dessous mon Diadesme
S'il auoit seulement secondé d'vn souhait,
Le dessein arresté que mon cœur auoit fait ;
Mais bien loin d'aspirer à ce haut aduantage
Ce Prince genereux m'a tenu ce langage,
Ie ne cherche iamais de satisfaction
Qu'en la gloire de faire vne bonne action.
Que si i'ay merité quelque faueur plus grande
Seigneur veuillez souscrire à ma iuste demande,

Qu'auiourd'huy mon Riual rentre dans le combat,
Et que nous terminons noftre amoureux debat,
Apres auoir iuré les puiffances celeftes,
Nos ferments violez, nous deuiendroient funeftes,
Il y faut fatisfaire & gauchir ce mal-heur
Par vn fanglant effet d'amour & de valeur,
C'eft la feule faueur que ie croy qui m'eft duë
Pour voftre liberté que ie vous ay renduë.
Cela, dit-il, fe tait & dans le mefme inftant
Ie protefte les Dieux de le rendre content,
Non fans eftre touché d'vne contraire enuie
A celle qui le porte au mépris de fa vie,
Ie voudrois diuertir ce genereux cruel
D'abandonner ces iours au hazard d'vn duël,
Mais ie pretens en vain de flechir fon courage,
Auant qu'entrer au port il veut vaincre l'orage.
Turne foyez donc preft à combatre bientoft,
Montrez que rarement on vous prend au defaut ;
Que fi de ce combat le peril vous tranfporte
Lifez ce mot d'écrit que Sydon vous aporte,
Il pourra raffurer vos efprits eftonnez,
Voyez ce qu'il contient , adieu , Sydon venez.

SCENE V.

TVRNE, AMATA.
LAVINIE, TYRENE.

LAVINIE.

Madame, qui luy peut enuoyer cette lettre?

AMATA.

Ie l'ignore, & ne sçay, ce qu'on doit s'en promettre.

TVRNE.

Lettre.

Prince ie suis ce Caualier
　Qu'on vit s'opposer à vos armes,
Lors que pour mériter Lauinie & ses charmes,
Vous tentiez le hazard d'vn combat singulier:
　Ie suis pres de finir ma trame,
　Vn coup mortel m'arrache l'Ame,
Les ondes de mon sang la iettent dans le port.
　S'en est fait, elle m'est rauie:
Mon frere en me vangeant triomphez de la mort,

Où du moins en mourant , triomphez de la vie.

Iuturne voſtre ſœur.

En cet éuenement ,
Ma triſteſſe eſt eſgale à mon eſtonnement ,
Mon ame en ce rencontre en cent parts diuiſee ,
Voit comme ma raiſon ma conſtance eſpuiſee ,
Si bien que mon mal-heur eſt eſtrange a ce point
Qu'il fait que ie luy cede & ne le comprend point.

LAVINIE.

Si l'on peut de l'eſprit iuger par le viſage
Le ſien eſt agitté, d'vn furieux orage.

TVRNE.

Quoy ma ſœur, c'eſt donc vous, qui ſous vn faux habit
Semates dans le camp vn deſordre ſubit ;
Qui vintes empeſcher qu'on ne vit deux eſpeès
Pour vn viuant Soleil au combat occupées ,
C'eſt vous qui m'eſcriuez & qu'vn coup furieux
Priue du bel eſprit que vous teniez des Cieux ?
Mes cruels ennemis vous ont donc outragee ?
Mais ie iure le Ciel que vous ſerez vangee ,
Ie ſuis ſourd à l'Amour i'eſcoute mon deuoir ,
Ma maiſtreſſe ſur moy n'a plus aucun pouuoir ;
Ouy i'oſe vous le dire aymable Lauinie ,
Ie prends tous vos ſoûpirs pour vne tyrannie ,

Soûpirer deuant moy c'est tyraniquement,
Chocquer la liberté d'vn frere & d'vn Amant,

AMATA.

Turne souuenez vous....

TVRNE.

Que ma sœur me demande
Que pour vanger son sang, tout le mien ie repande.
Sus donc n'en parlons plus, cedons à mon transport
Puis qu'elle m'y conuie,
Allons en la vangeant triompher de la mort,
Ou du moins en mourant, triompher de la vie.

AMATA.

Dieux glacez son courage & retenez son bras.

LAVINIE.

Dieux faites qu'il combate & qu'il ne meure pas.

ACTE V.

ACTE V.

SCENE PREMIERE.

AMATA, LAVINIE, SIDON.

AMATA.

 *IDON raconte nous cette triste auan-*
ture,
Ne tient pas plus long temps nos cœurs
à la torture,
Parle, & si tu le peux en cessant ton discours
Termine ou pour le moins precipite nos iours ;

SIDON.

Ha! que plustost cent fois. . . .

TVRNE.

Obeis sans replicque,

K

On tait malaysement l'infortune publicque.

SISON.

Ces illustres Riuaux lassez de voir le iour,
Et tous deux aueuglez de fureur & d'Amour
Viennent en mesme temps dans la place assinee
Pour employer leurs mains contre leur destinee,
Ce fut le champ de Mars qui rougit de leur sang,
Car le Troyen voulut s'esloigner de son camp
Afin que s'il vainquoit ce fameux aduantage
Ne se peut raporter à rien qu'à son courage.
    Donc arriuez qu'ils sont dans le lieu du combat
Ils s'engagent tous en vn sanglant esbat,
Tous deux auec plaisir s'obstinent à leur perte,
Tous deux marchent sans peur dessus leur tombe ou-
    uerte,
D'vne esgale chaleur tous deux battent le fer,
Et tous deux de leurs yeux eslancent en esclair,
Tous deux pour se donner vne mortelle atteinte
Meditent tous beaucoup, & puis font vne feinte,
Bref, ils font remarquer, & d'vne & d'autre part
Beaucoup d'adresse iointe aux preceptes de l'art.

AMATA.

Que sert ce long discours, enfin Turne succombe,
Dy viste,

SIDON.

En reculant, le Ciel permet qu'il tombe
Et dans le mesme instant que le pied luy defaut,
Son Riual dessus luy se iette d'vn plein saut.

LAVINIE.

N'acheue pas.

AMATA.

Non, non, par ce raport funeste,
Esteins si tu le peux la clarté qui me reste.

SIDON.

Turne est donc renuersé dessous son ennemy,
Mais son corps en tombant a son cœur affermy ;
Le Troyen qui voit tout respondre à son enuie
Le presse plusieurs fois de demander la vie,
Mais ce noble courage au lieu d'y consentir
Se mocque du vainqueur qui le veut garentir,
Toutefois la tendresse, ou le respect d'Ænée
L'empesche d'attenter dessus sa destinee,
Et luy fait auancer ce propos genereux.
Prince releuez vous, soyons amis nous deux,
Les armes m'ont enfin la Princesse asseruie,
Ie vous donne ; ce Roy pensoit dire la vie,

Mais vn funeste objet que son œil découurit
Luy vint fermer la bouche au moment qu'il l'ouurit.
Turne auoit dessus soy l'escharpe de Pallante,
D'vn meurtre tout recent encor toute sanglante,
Ænee à cet obiet oublia la pitié,
Et se rendit sensible au traits de l'amitié;
Pallante auant sa mort estoit toute sa ioye
Tous deux sembloient n'auoir qu'vne trame de soye,
Et pour le faire court, le Ciel les auoit mis
En vn degré plus haut que les parfaits amis;
Cette escharpe fatale au bien de la patrie
Emporte le Troyen iusques à la furie,
Cet objet à ses yeux presente son amy,
Il y remarque encor le sang qu'il a vomy;
Et dans ce mesme instant sa memoire fidelle
Luy dit que Turne a fait cet action cruelle,
Il entend ce raport, puis oyant son courroux
Il le fait releuer & le perce de coups.

LAVINIE.

Ainsi donc de ses iours la course est terminee?

SIDON.

Ces coups n'acheuent pas sa triste destinée,
Et bien qu'ils soient mortels, ils accordent pourtant
Quelques momens de vie à son cœur palpitant.

AMATA.

Que difent nos foldats, à ce fanglant fpectacle?

SIDON.

Ils murmurent entre eux , mais c'eft vn foible obfta-
cle ,
Le Roy careffe Ænée , & l'Honore du nom
De vainqueur qui merite vn immortel renom,
Pour prix de fa victoire il luy promet Madame.

AMATA.

Il ne peut de la forte en diffofer fans blâme.

SIDON.

Ie croy qu'ils fe rendront dans peu de temps icy.

LAVINIE.

Eft-il poffible ?

SIDON.

Au moins chacun le penfe ainfi.

AMATA.

Apres tant de mal-heurs, laiffe nous fans contrainte
Ouurir les yeux aux pleurs, & la bouche à la plainte,

Retire toy Sidon, de genereux esprits
Ne sçauroient qu'en secret soûpirer sans mépris.

SCENE II.

AMATA, LAVINIE.

AMATA.

E Stourdis du tonnerre, & frappez de la foudre,
A quoy nos deux esprits pourront-ils se resoudre,
Dans ce commun naufrage, est-il rien que la mort
Qui nous puisse seruir, & d'asile, & de port!

LAVINIE.

A mon secours aussi, seule ie la reclame.

AMATA.

Glorieux de sespoir, tesmoin d'vne belle Ame.
Vous brauerez ainsi cet insolent vainqueur
Qui pense que son bras ait gaigné vostre cœur,
Et qu'il croit vous trouuer disposée & contente,
Qu'il ioigne à vostre main la sienne encor sanglante,
Ie n'attendois pas moins de generosité
D'vn cœur où les vertus ont tousiours éclatté,

Où l'honneur se fait voir dans vn luftre qui brille,
D'vne grande Princeffe, en vn mot de ma fille,
Ie fçauois qu'en dépit des rigueurs du deftin,
Voftre nom fouftiendroit toufiours le nom Latin,
Et qu'en reflechiffant fur ma pourpre éclattante
Toutes vos actions rempliroient mon attente,
Que iamais le Troyen ne vous pourroit toucher,
Que comme le vaiffeau qui heurte vn grand rocher,
Si pour vous aborder, fon Ame eft affez vaine
Son débris affeuré, rend fa perte certaine ;
Mais le Roy vient a nous, ma fille faites voir
Qu'vn genereux efprit n'entend que fon deuoir.

LAVINIE.

Deuoir qui m'inquiete, & qui me defeffere,
Irriteray ie vn Roy, mépriferay ie vn Pere?

SCENE III.

LATINVS, AMATA, LAVINIE.

LATINVS.

LE Démon des Troyens, refte victorieux,
Turne eft chargé de honte, Ænée eft glorieux,

Le mirthe & le laurier enuironnent sa teste,
Ce dernier coup de foudre a calmé la tempeste
Nos discours sont finis par ce dernier combat,
Et le sort nous esleue alors qu'il nous abat.
Son absolu pouuoir semble affermir le nostre,
S'il nous oste vn soustien, il nous en donne vn autre,
Et s'il a consenty, qu'on vainquist vostre Amant,
Celuy qui l'a vaincu vous cherit ardámeñt.
Dedans fort peu de temps il doit icy se rendre.
Et pour se faire voir, & pour se faire entendre,
Il craint de vos rigueurs l'excez qu'il a preueu,
Mais vous les oublirez, lors que vous l'aurez veu,
Et si vous luy donnez vn moment d'audience,
Vos desirs & les siens feront vne alliance ;
L'effet que i'en attens ne me peut deceuoir,
Il ne faut pour l'aymer que l'entendre & le voir,
Vueillez doncques ma fille, & le voir & l'entendre,
Puis qu'il doit estre enfin, vostre espoux & mon gen-
    dre.

AMATA.

Ouy Lauinie, ouurez & l'oreille & les yeux
Pour entendre, & pour voir vn tygre ambitieux,
Vn homme sans parens, sans renom, sans demeu-
    re,
Que de secrets remors, bourrellent à toute heure,

Et

SISON.

> D'embraſſer vos genoux
Et de rendre en ce lieu, dans les bras de Madame
Ses deuoirs & ſon ſang, ſes ſoûpirs & ſon Ame.

LATINVS.

Pour le repos public ainſi que pour le ſien,
Il faut à ſon deſir que i'oppoſe le mien,
Sa preſence accroitroit l'iniuſte tyrannie
Qu'oſe ſur ce vainqueur exercer Lauinie,
Et ſes yeux qui verroient ceux qu'ils ont tant ay-
mez,
Paraitroit en mourant de colere animez,
Ainſi pour vn treſpas il en ſouffriroit mille,
Allez,qu'il ſe conſole & qu'il meure tranquille.

SIDON.

Sire ſi ces diſcours ont de la verité,
Il veut faire eclatter ſa generoſité.

LATINVS.

Si la choſe eſt ainſi,ie conſens qu'on l'ameine.

SIDON.

Il eſt deſſus vn lict dans la ſale prochaine.

M

SCENE VI.
LATINVS, AMATA.
ÆNEE, LAVINIE.

LATINVS.

LAuinie il est temps d'écouter la raison,
Vos premiers mouuements ne sont plus de sai-
son ;
Quelque dessein que Turne ait formé dans son Ame
Il faut que vostre ardeur s'esteigne auec sa flame,
Et que reduit au poinct d'abandonner le iour
Il ait vostre pitié, ce Prince vostre Amour.

LAVINIE.

Pieté iusqu'à quand seras-tu combattuë !

AMATA.

Attendez pour tomber que ie sois abattuë,
Soyez ferme tosiours.

ÆNEE.

> Helas ! si sa pitié
Doit attendre la fin de vostre inimitié,
Ie puis bien me resoudre à viure dans le monde
Sans espoir que sa flame à la mienne responde.

AMATA.

Le spectacle sanglant qu'on nous vient faire voir,
Vous deffend de nourrir ce temeraire espoir.

SCENE DERNIERE.
TVRNE, LATINVS, AMATA.
LAVINIE, ÆNEE, SIDON, TYRENE.
TVRNE.

Qve la parque à son gré tranche ma destinée,
Que ce soit aiiourd'huy ma derniere iournée
Que i'aille chez les morts sans partir de ce lieu,
I'expireray content vous ayant dit adieu,
La mort en nous ostant de ce monde où nous sommes
Fait peut estre des Dieux en détruisant des hommes,

Dans ce haut sentiment loin de craindre ces coups
Ie voudrois qu'elle vint m'assaillir deuant vous,
Que dy-ie, ie voudrois, helas! i'experimente
Dans ce corps languissant sa rigueur vehemente,
Ie meurs, mais son pouuoir cedant à vos beautez,
Quand elle m'a tué vous me ressuscitez.   (mes,
Doncques puisque vos yeux où brillent tant de char-
Me mettent pour vn temps à l'abry de ses armes,
Souffrez qu'en ces momens qui me sont precieux
Ie vous donne vn auis que i'ay receu des Cieux.

LAVINIE.

Quel que soit cet auis ie promets de le suiure.

TVRNE.

Ie ne puis dauantage à mon honneur suruiure,
Et quand ie le pourrois auant qu'il fut demain
Moy-mesme contre moy i'armerois cette main,
Ænee est mon vainqueur, son bras que rien ne dõpte
Ainsi que de mon sang m'a fait rougir de honte,
Cet homme est vn thresor qu'on ne peut estimer
Il vous ayme Madame, & vous deuez l'aymer.

ÆNEE.

Rare & loüable effet d'vn courage heroïque.

TVRNE.

La volonté des Dieux par ma bouche s'explique,
Aymez, aymez le donc, & qu'apres mon trespas
Cet heureux estranger possede vos appas.
Ie vous en fay Madame, vne instante priere,
Ne me refusez pas cette faueur derniere.

LAVINIE.

Quoy ie pourrois aymer.....

TVRNE.

        Vous n'auez qu'à vouloir,
Et vostre volonté fera vostre pouuoir.

AMATA.

Pensez-vous qu'elle vueille....

TVRNE.

        Vn genereux courage
Se determine à tout où son deuoir l'engage.

LAVINIE.

Est ce de mon deuoir d'accepter pour Espoux
Celuy dont les fureurs ont éclatté sur vous ?

TVRNE.

Ouy, Madame, à cela le deuoir vous inuite,
Ma defaite & ma mort font voir qu'il vous merite,
D'ailleurs, malgré l'excez du dueil qui vous abat
Il faut garder les loix & l'ordre du combat.

LAVINIE.

Mais....

TVRNÈ.

O mais importun,

LAVINIE.

Voulez vous que i'oublie,
La mort qui nous separe & l'amour qui nous lie?

TVRNE.

C'est peu, ie veux encor que ce noble vainqueur
Occupe desormais ma place en voftre cœur,
Si vous m'auez aymé donnez m'en cette marque,
Adieu, ie vay payer le tribut à la parque,
Le feu qui m'animoit s'esteint par ce soûpir,
Souuenez vous au moins de mon dernier desir.

ÆNEE.

O generosité, bien digne que l'histoire

En celebre à iamais & l'excez & la gloire,
Ie voy d'vn œil ialoux vne si belle mort
Et l'orage me plaist qui conduit à tel port.

LAVINIE.

Madame ç'en est fait, sa vie est terminee,
Plaignons & soûpirons sa triste destinee.

LATINVS.

,, *Les soûpirs continus & les tristes transports*
,, *Tesmoignent mal l'amour que l'on portoit aux*
     morts,
,, *C'est en satisfaisant à leur derniere enuie*
,, *Que l'on montre à quel poinct on cherissoit leur vie,*
Songez donc Lauinie à respondre au souhait
Qu'en vous disant adieu ce grand courage a fait,
Aux vœux de ce Heros cessez d'estre inflexible.

AMATA.

C'est vn commandement qui tend à l'impossible.

LATINVS.

Pourquoy?

LAVINIE.

Turne qui vit, encore dans mon cœur.

Le rend inacceßible à ce cruel vainqueur.

ÆNEE.

Dure obstination! rigoureuse constance!

LATINVS.

Vous en viendrez à bout par la perseuerance,
L'vne & l'autre à la fin rendront vos vœux contens,
Mais il faut que ce soit vn ouurage du temps.

FIN.

www.ingramcontent.com/pod-product-compliance
Ingram Content Group UK Ltd.
Pitfield, Milton Keynes, MK11 3LW, UK
UKHW020326130726
13696UKWH00003B/1173